看見看不見

游欣妮短篇小說集

游欣妮

看見看不見——游欣妮短篇小說集
作者／游欣妮
策劃編輯／伍詠慈
美術設計／陳詩韻
出版發行／突破出版社
香港沙田亞公角山路 33 號突破青年村
電話：2632 0000　傳真：2632 0388
電郵：breakthrough@breakthrough.org.hk
網址：http://www.breakthrough.org.hk
http://www.btproduct.com
承印／陽光（彩美）印刷有限公司
2020 年 4 月初版 1 刷
2024 年 10 月初版 4 刷

Have You Seen?
by Yau Yan Ni
First Printing, First Edition, April 2020
Fourth Printing, First Edition, October 2024

Printed in Hong Kong
ISBN 978-988-8562-21-3

本書文章曾於《星島日報》發表，特此鳴謝。

誠邀閣下就突破出版社的書籍發表意見

歡迎加入突破書籍 Facebook page — http://www.facebook.com/btbooks.page

本書採用環保油墨印刷

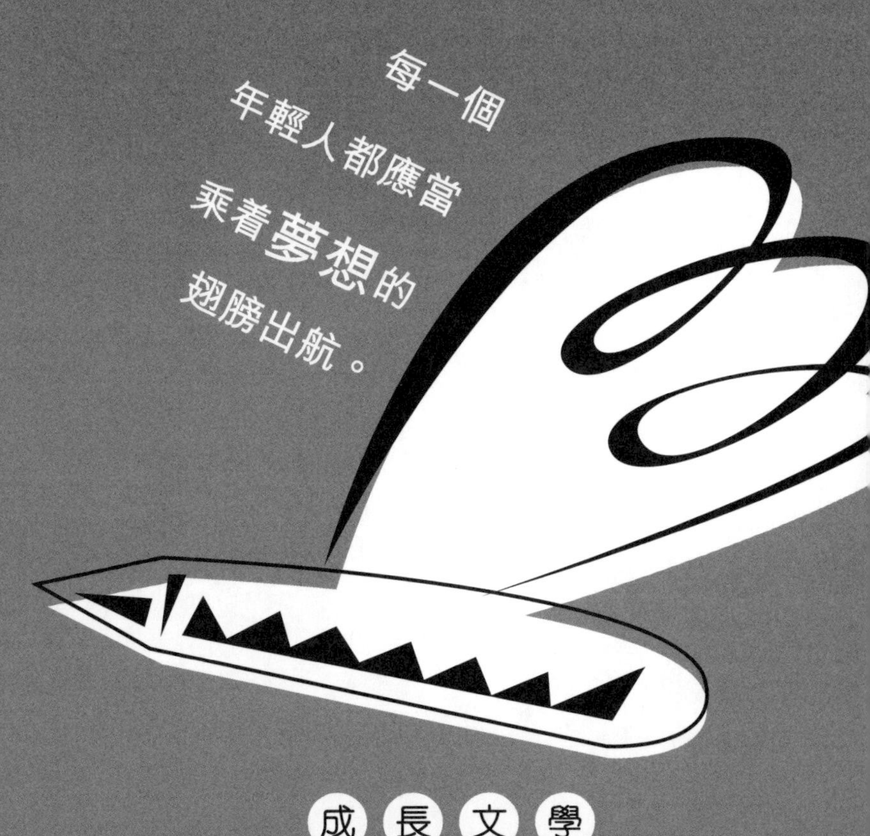

成長文學

目錄

水裏有魚 陳志堅 7

序章：杯 14

看不見

圖畫 27

什麼都不是 35

刻意打擊 41

丟失 47

濃煙 55

脂粉 63

沖走了自己 69

突然 77

圖書館見聞 85

人到「中年」 91

看見

101 名字
107 打雜日子
113 以後
121 最好的陪伴
127 慶幸
133 邊緣
139 一家人
147 後記——我的安安樂樂時光

水裏有魚

陳志堅

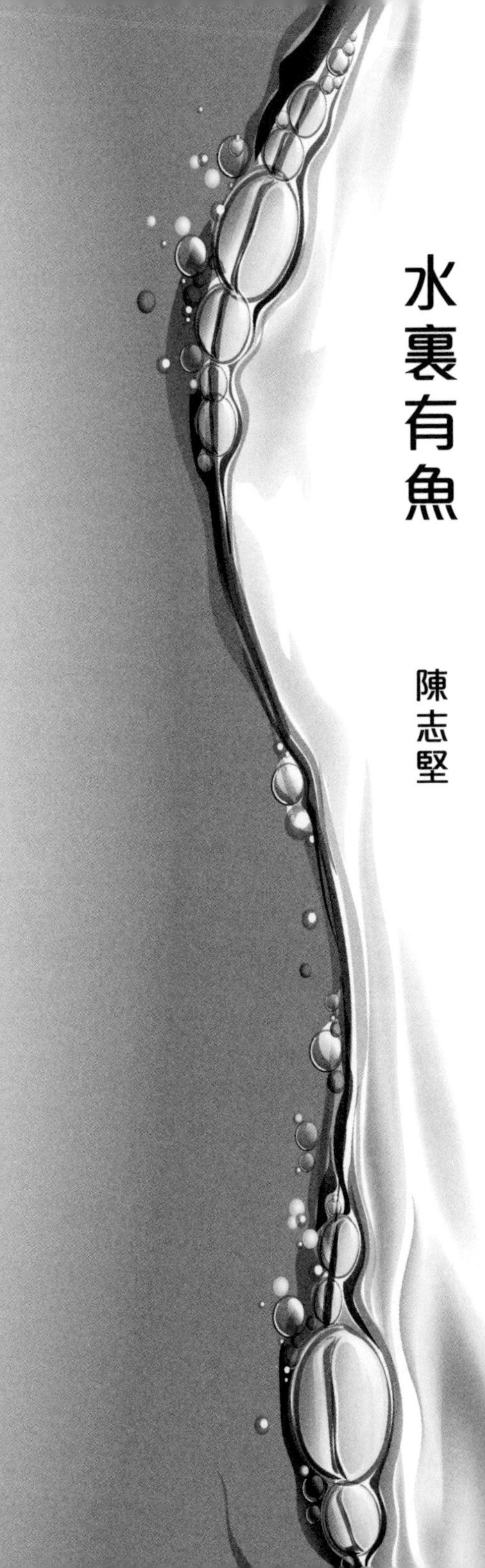

辛波絲卡〈與回憶共處的艱辛時光〉：「對回憶而言我是個很糟的聆聽者。」我們怎樣理解從前和過去，來預視今天或將來應存在怎樣的生活態度？回憶不都是美好的，但我們需要她，就像夢境不都真實，一覺醒來，仿如隔世，卻至少曾經入夢，如村上春樹說：「擁有黑暗的心的人，只做黑暗的夢。更黑暗的心連夢都不做。」我們要感謝世上書寫小說的人，把堆積而來的回憶和夢逐漸成形，流動的影像如上映獨特的生命狀態，有一刻或許有人會發現小說裏有着自己的身影。

我讀欣妮《看見看不見》，發現了另一個「摵時」。如果讀者曾讀過欣妮《我摵時很煩》等系列著作或《一頁人生》等作品，我們會說那是大部分的欣妮。而我卻說《看見看不見》是欣妮的另一塊拼圖，組織起來可以看見欣妮更真實的存在，「你永遠只看見我活得有多好，我的生活永遠值得羨慕。」若然這是你對「摵時」、作家的全部想像，就請讀者這次來一趟突破和超前，重新審視欣妮的作家視角，那份沉厚的省思。

小說分為兩部分，第一部分是「看不見」。「看不見」書寫了九個獨立故事，若用現世的眼光來審視這個世界，什麼是最觸動和「吸睛」的呢？大概是又快又顯明、且能輕易捕捉和看見的事；然而，欣妮不僅寫出「看見的事」，更把讀者引進看不見的人性底層，她以現實主義的筆觸呈現了具質感的生活波折，所有角色都是小市民或毫不起眼的人，可是在基本的生存權利下，就像沒有人看見他們本來是有屬於自己的靈魂。〈沖走了自己〉中的美意既要顧家，也要在外頭工作，工作穿着到街市燒臘店買餸顯得不協調，到底不是穿着的問題，根本就是整個生活的不協調，在糊裏糊塗的狀態下生了一個又一個兒子，結果完全沒有了自己，這種「沒有」倒不是思想，只是無可奈何。〈人到「中年」〉的明哥，老年時尋找合身的新工種，是福氣還是禍？我們除了談論老人問題或提出老人政策，到底有誰曾問過老人，你有什麼想法？或者說不光是老人，甚而年輕人也有自己的想像，只是這個世界沒有用心看見。〈圖畫〉中的和樂，家人沒有留意圖畫背後；〈刻意打擊〉中的敏晶，家人只重成績，友人不加重視，似乎只有她自己了解自己。至於〈什麼都不是〉中的阿風和〈脂粉〉中的慧璇，前者以為籃球是全部，後者自戀發狂，可說是現代人的典型，也不用說別人看不看見自己，就連自己也從不看見自身的困窘，這可說是一種「內在霧霾」的狀態。而〈丟失〉中的海純曾一直懷疑老師把自己的文件夾丟了，〈濃煙〉中的哨牙朱只顧抽煙，不用心教書，不但看不見自己，更輕看身邊人的人，可以說這個失序的世界裏，他們倒要負上一定的責任。猶幸這個世界仍有在小事上忠心的人，在不重閱讀的世代裏，能緊守惜書的習慣，當是美德，所說是〈圖書館見聞〉中的陳老太。只可以說，世界已不重視這類人，更莫說這種風範。我們要感謝欣妮抽出這些故事，以「摵時」的新視角剖視世界，不為責備，也不為說教，卻如泰戈爾說：「世界以痛吻我，要我報之以歌。」大概是為讀者抽出簇新的思緒，好準備將省悟化入生活裏。

書的第二部分「看見」是另外八個社會裏的獨立故事。這是不懂珍惜的年代。

人本來就像洋蔥，一層一層地剝，因為刺眼，無辜掉淚，可是把一塊一塊洋蔥上碟，卻可成為美餚的伴菜，雖不起眼，但卻入味。問題是，我們太不重視洋蔥，可不可以說，我們不重視人。所謂重視，也不在乎是主菜還是配菜，更不用說用上什麼碗碟，在乎心裏是否忘記，忘記了起初的愛。〈慶幸〉中的筱筠要慶幸的是自己的母親是啞巴，從不對自己說三道四，來回批評，她討厭同學的母親，墜進俗世的比較哲學裏，可終其一生也不懂珍視本來所有。或者要說父母皆寄予厚望是公道的，通常都把期許投射在名字上，如〈名字〉中的裘大利，因名字被取笑，生活猶如孤島，也不懂是孩子當珍惜父母改名，還是父母都重視孩子的想法，問題是有否把對孩子的重視說清。人是需要重視的。〈邊緣〉中的權哥和〈打雜日子〉中的超市員，無論是更生人士的重生，或是基層在苦中作樂，只好說，各有前因，請想想別人，免得有天恨錯難返，覆水難收，就如〈突然〉中的啟成萬料不到妙儀如外婆般突然走了，留下的是終生抱憾。我們以為時間是很好的潤滑劑，可以滋潤關係，豈不知道，時間就像突如其來的捕獵者，頃刻奪去所有，如村上春樹：「我一直以為人是慢慢變老的，其實不是，人是一瞬間變老的。」故此，請珍視應當珍視和必須失去的，不論是人、動物或景物，〈以後〉中的銀婆婆怎樣愛錫小狗旺妹，就連起初不喜歡的小狗嘜仔也珍愛到底，那些對銀婆婆態度敷衍的家人只好說失卻了部分人的本性，可笑是在現代社會裏頭卻是普遍。所以如果我們都是〈最好的陪伴〉裏的雲香嬸嬸，本來不愛犬，但因為相處老人與狗，自然愛上；也如〈一家人〉裏梁太如何照顧柏萊雅，主人反過來照料家傭，都可以說生命的本質，美醜在乎有否珍視。

作家、「摵時」，現在還添上母親的身分，女兒安安和姨甥樂樂帶給欣妮新的人生體會，有人說，有了孩子才可完整地體味人生，欣妮明白。「你永遠只看見我活得有多好，我的生活永遠值得羨慕。」余光中說「星空多麼希臘」，劉以鬯說「記憶都是潮濕的」，不要忘記快樂不是生活的全部，欣妮這次拋出「瓦杯」、「凍飲膠杯」和

「矮塑膠杯」，預示了人的輕視、卑微、刀割和剩餘，可折騰身心，也叫讀者作好心理準備，學好所看不見和應該珍視的。有人畏水，但不要忘記水裏有魚，祈願讀者有天掌握了，請回頭想起《看見看不見》，和作家欣妮。

序章

你永遠只看見我活得有多好，我的生活永遠值得羨慕。

杯

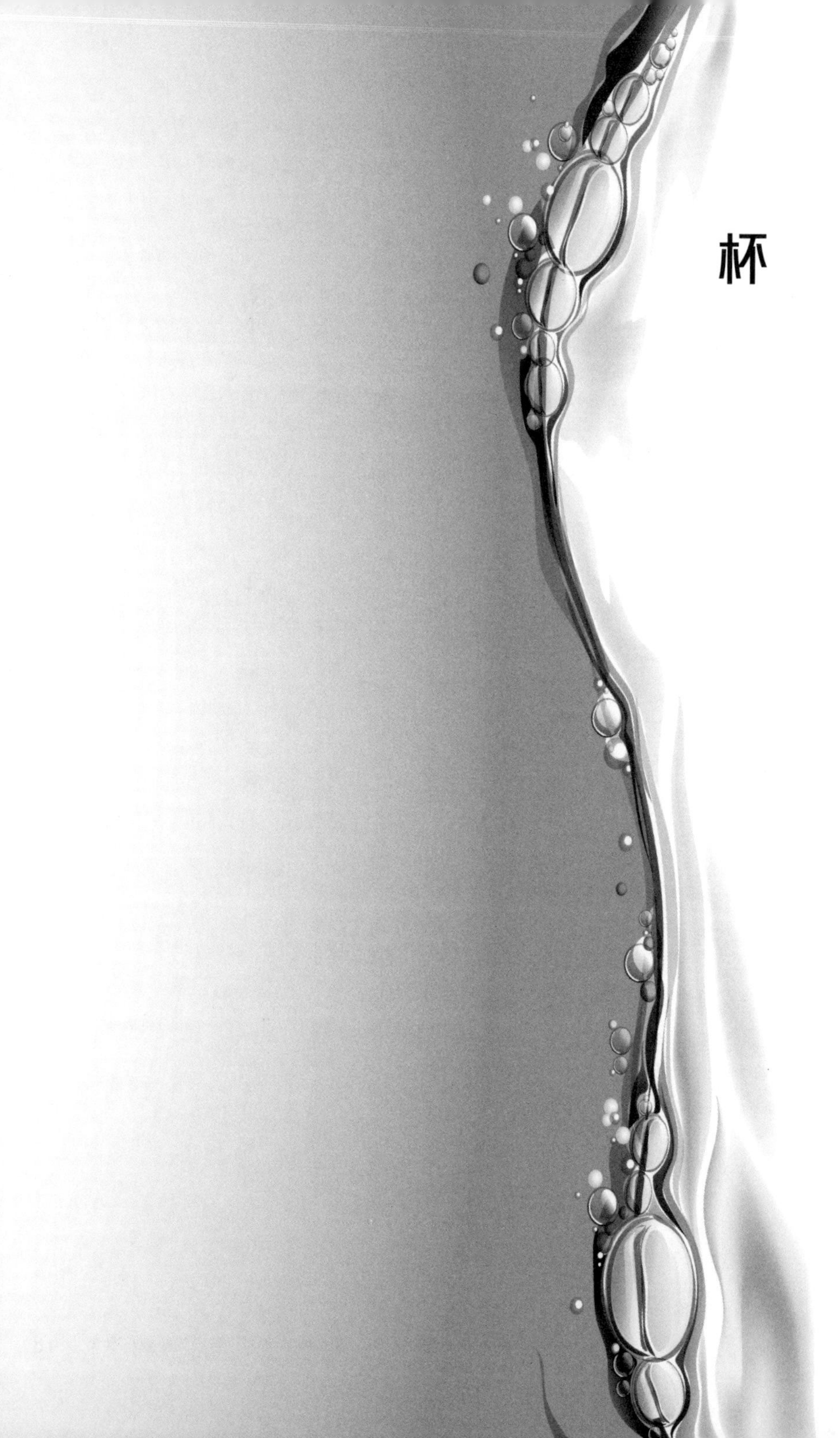

你永遠只看見我活得有多好，我的生活永遠值得羨慕。

一、瓦杯

對於這樣的生活，我已經非常厭倦了。有時我甚至巴不得有人一個不小心把我摔個粉身碎骨，讓我壯烈地犧牲，至少還算有個悲壯的離場，可惜上次摔的一跤夠我遍體鱗傷，疤痕卻不夠深，我還是得忍着痛勉強過活，不情不願地讓時日磨平那淺薄的破口。如果我崩裂的傷口夠尖銳，或者也能脫離這種卑屈的生活，可惜我太粗糙了，皮膚骨骼一切都太粗糙了，那麼堅韌那麼耐用。

我最喜歡的是柚子蜜，那酸酸甜甜之中滲出的淡淡清香滿盈，那片額外加入的檸檬，於餐廳和食客而言，許是為了雅觀；於我卻有多一重意義。因着這片檸檬，我頓覺通體清新，精神煥發，就像一場足以讓我脫胎換骨的沐浴，可以抵銷那積累的惱人的濃烈味道。而且，喝柚子蜜的多是柔軟的嘴唇，可能是孩子的小嘴，或溫婉的女士那些經常塗潤唇膏作保養的朱唇。即使檸檬茶裏也有檸檬，甚至不止一片，但那濃厚的紅茶留下的圈圈茶漬已叫我鬱鬱寡歡。可是，就如唱機經常播放的歌曲般：「命運不得我挑選……」我偏愛柚子蜜，卻更常喝到那苦澀的黑咖啡，熬煮多時的黝黑濃液注滿我身，粗獷的嘴湊近，緊盯積滿濃稠咖啡漬的牙縫，我的命益發苦澀。

如果我是一片通透的薄瓷，即或逃不掉嘴唇的親吻，至少不用每天被玷污，在強吻之間苟且偷生，在乾燥龜裂的、油膩豐厚的陰霾之下委屈度日。

二、凍飲膠杯

我討厭那些四季不分的麻木，也討厭人們的粗暴。長年累月的寒氣使得我脾胃虛弱，整日通體冰冷，嚴冬中的冷，尤其教我痛徹心脾。日積月累的風霜，在我身上留下淺淺的傷痕，一道道紋理卻總不裂開，這份頑固的堅忍，使我始終無法離開這種痛苦的生活一死了之。每天不停歇的灌飲糖漿糖水，只給我帶來嚴重的糖尿病，令我飽受折磨。因為我的堅韌牢不可破，根本沒有人會善待我。人們願意輕輕放下我的一刻，是因為我體內注滿了他們渴求的清涼滋味，一旦滿足了口腹，我再無利用價值，只會給一手抓起，直接摔往那污穢不堪的碗盤裏。

兄弟的生活叫我艷羨，不冷不熱的清水就是最佳的養生滋潤補品，多羨慕他們可以天天養生。我不貪戀世界，我知道只不過是自己命硬，在世受苦受難的日子長，才渴想能有稍為強健的體魄，不致百病纏身活受罪。奈何我窮一輩子的想望，也未夠幸運有這點福分。

三、矮塑膠杯

我的存在，無甚意義。每次有人坐下，我便火速被放到他們面前，如果有人碰碰我，甚至拿起我，已是非常難得。可惜的是，我多半只會被推開，挪到靠邊的位置，遠離大家的視線範圍，哪怕有些人剛使用了我，轉眼仍是肆無忌憚地一把將我推開。在這裏沒有人、沒有物的生活比我更清心、口味更淡。我總是羨慕他們可以嚐盡百味，甜滋滋的也好，苦澀的也不要緊，至少各種口味都品嚐過。

我的苦是不一樣的，我的苦來自別人的輕視、自身的卑微。很多時我喝的水看起來澄明，其實那不過是別人用來清洗刀叉匙羹的濁水。每次人們木無表情地拿起餐具，恣意地用種種「兵器」撞擊我的腹腔，我都心如刀割，每個因撞擊而發出的聲音，都是我的悲哭哀號，可恨的是似乎永遠不被聽見。我常不自禁幻想，要是在天寒地凍的日子，有人能慷慨地給我一杯味道濃郁的熱飲，為我的寒冬加添點點滋味和溫暖，夫復可求。

我比他們差了些什麼呢？同樣長得那麼矮小，我們相差的不過是我及不上他們一身如貴族般無堅不摧的材料，仔細看的話，他們甚至長得比我矮小，而且全都比我胖，比我笨重呢！炎炎盛夏裏，我又只能眼睜睜地看着我的兄弟聲色犬馬，酒池肉林。我們都是同一塊料子，他除了長得比我高，根本沒有什麼比我好，偏偏他這般受歡迎，每次出現都華麗登場，讓人眼睛發亮。他們一出現，人們十居其九都趕緊趨近迎上，為了一刻透心涼的身心舒暢。看到許多人對他們愛不釋手，緊緊執着不放開，甚至毫不介意被他們的淋漓冷汗沾濕，我不否認我嫉妒得咬牙切齒。他不過是長得比我高一截而已，就因為那一點高度，我就要承受這樣的差別待遇嗎？我淺嚐清水的時候、被那些濁水嗆到的痛苦時刻，他們不但能嚐到美味，滿足口腹之慾，更能獲得大眾的關注與偏愛，這個世界公平嗎？我的清心寡慾是被逼出來的，可以的話，誰不想嚐遍百味，嬌縱味蕾？

於我而言，如能讓舌頭真真切切的嚐盡百樣好味道，才算真正的不枉此生。然而我知道這是不可能的，畢竟我是如此的多餘，世界對待多餘的東西，從不手下留情。

我永遠只看見你活得有多好，你的生活永遠值得羨慕。

看不見

圖畫

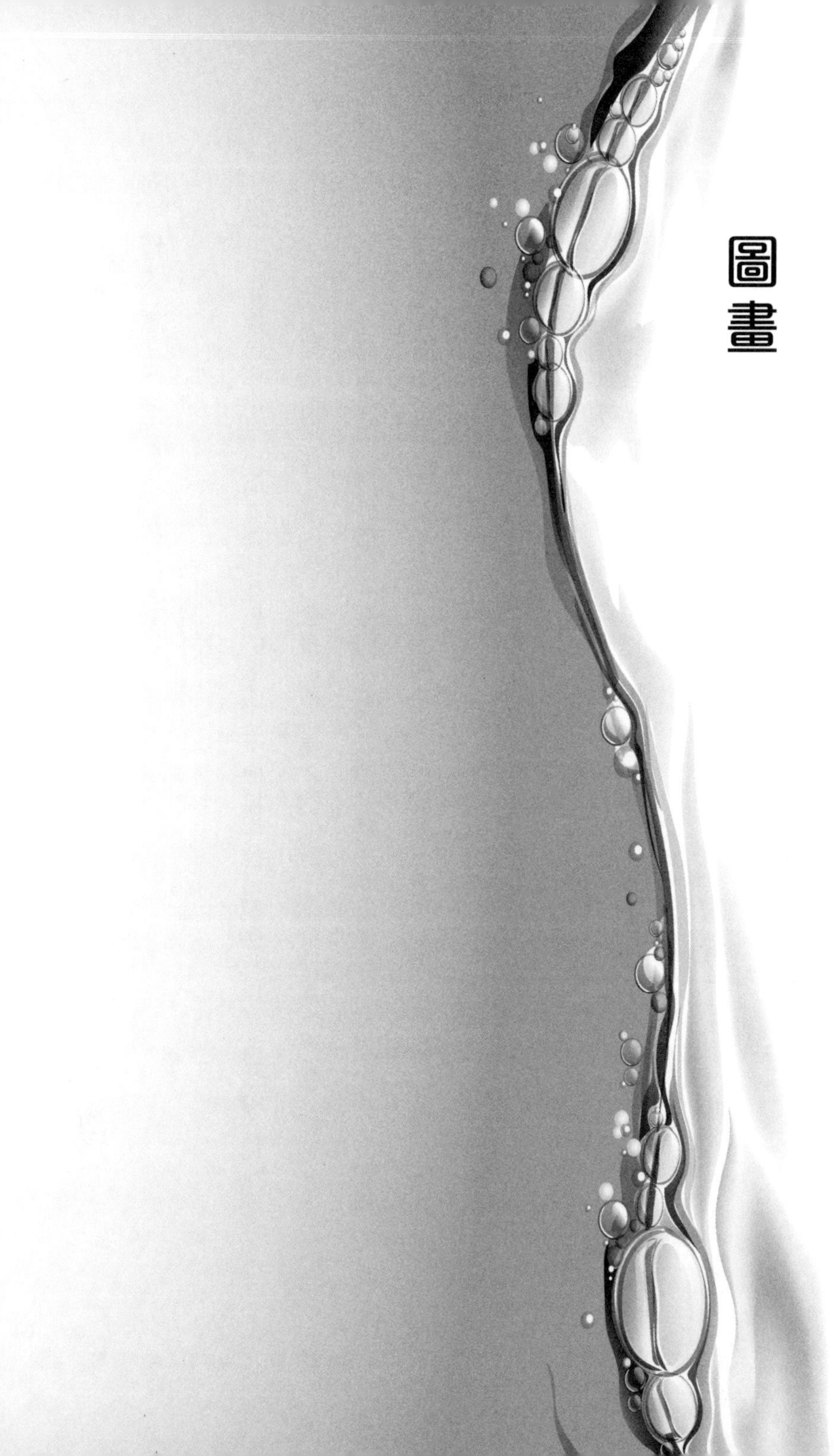

第一次看到這幅畫在考試卷上的圖畫，心臟彷彿被緊緊揑着，一下一下的揪住。這平日看起來開朗樂天的孩子，到底經歷過什麼？

和樂是今年十一月才轉到我校的插班生，學校將他分配到我班。因為個子特別瘦小，所以我給他編排了最前排、最接近教師桌子的位置。前排位置向來不受歡迎，尤其男生不喜歡坐第一行，彷彿一種突顯他們「個子矮小」的標籤。我曾不止一次安撫第一行的男生，是以每次編配座位，都格外小心翼翼。既不能讓大家有「只要吵鬧只要哭，老師就會順從我意願。」的錯覺，也不能完全忽視孩子們的感受。這中間要怎麼拿捏，五年以還，我仍未甚掌握。

「和樂，歡迎你加入我們班，不如你坐在教師桌前的位置，方便老師認識你，好嗎？」

「好！」

我特意在上課前先問問孩子的意見，只見他小小的臉蛋上，烏溜溜的眼珠子一轉，爽快答應，沒半點彆扭。往後的日子，不論是課堂上要做些什麼，或是分組遊戲之類有任何分配，和樂都是即時答應，從無要求，事實上不論跟誰一組，他彷彿都能融洽相處，同學也愛跟他玩，是個非常受歡迎的人物。沒有兄弟姊妹的他，看起來瘦小、弱不禁風的他，偏偏像個哥哥一樣，頗擅長照顧朋輩，情緒也比同齡孩子穩定成熟，半年以來從未見他哭鬧半句，更沒試過鬧情緒及發脾氣。

兩隻體形稍大的熊人對望着，左邊的熊人臉上有鬍子，繫着領帶、戴着眼鏡；右邊的熊人頭上戴了蝴蝶結、穿起高跟鞋。兩隻熊人都在微笑着。牠們中間夾着一隻咧嘴的矮小的熊人，戴頂鴨舌帽，一手拿着波板糖，一手拿着皮球，多麼典型又溫馨的家庭和樂圖啊！然而，不能忽略的還有左邊的大熊人手執一柄滴血的小刀，右邊的大熊人背後藏着一柄閃着亮光的小刀，小熊人咧嘴，也許是哇哇大哭，因為他流淚了，幾滴淚水自眼角溢出。

我第一次看到這幅圖畫時，和樂已經在我校快要七個月了，考試過後他將會退學，據他母親說是因為搬家的緣故，和樂將會於新學年轉校，入讀新界區的小學，她只說一切手續早已辦妥，但始終不願透露轉讀哪一間小學。批改試卷時看到圖畫的那天，我滿腦子都是與和樂有關的影像，不斷搜索他可有露出過一絲半點蛛絲馬跡。

翌日放學，我借故要和樂留下幫忙，暫時帶他遠離那羣整天熱鬧喧嘩的小朋友。我甫把考卷拿出來，翻到畫了圖畫的那頁，還未及開口，和樂便搶先說：「你是要罰我嗎？罰吧！我不是第一次畫，也不是第一次受罰，下次我不會再畫了。」我第一次聽到和樂說出如此帶對抗性的話。

「你平日都愛把這圖畫畫在哪兒？」

「工作紙。」

「畫了很多次？」

「三、四次吧。」

「什麼時候畫的呢？」

「你要罰我嗎？罰吧！以前每次畫完我都受罰，罰完我便不會再畫了。」

我聽罷如遭電殛，竟然因為這幅寓意深藏的圖畫受到不止一次的責罰，這滿臉和善樂天的孩子，內心深處的感受可以有多複雜？

眼前的小不點只是個二年級生，他承受過怎樣的傷害和挫折？該怪那些看過這幅圖畫的人疏忽或是視而不見的狠心嗎？還是怪自己這段時間以來不夠細心？怎麼我只留意到他的開朗，卻未注意到，或許其他日子裏也有陰鬱？我太不夠敏銳了。

「可以給我再畫一幅嗎？」

「什麼？為什麼？」

「我想再仔細看看。」

「老師想看什麼？」和樂兩手忽然緊緊抱拳。

「不畫也不要緊的，我只是隨便問問。」

「好吧！」忽然他又攤攤手，坐在我面前畫起同一幅畫來。繪畫時他不時抬頭看我，狀似緊張，滿腹疑惑，連連問我為什麼想要仔細看畫。

攀談一會，其實還是無法知道和樂經歷過什麼，實際家庭狀況如何。我回想家長日時看到和樂父母二人同來，穿戴得體光鮮，態度合作、熱心、對孩子在學校的情況亦顯得相當關心。和樂的應對是相當謹慎的，我問他諸如不用上學的日子常做什麼呢？媽媽多半和他在家看電視下棋玩遊戲，也會管教他做功課，爸爸則愛駕車載他到不同地方遊玩。聽起來彷彿沒有問題，然而其實前一個問題問他多和誰一起玩，他的答案是「媽媽或者爸爸。」能用上「或者」一詞，總得有些特別的原因。「他們要上班，所以不能一起和你玩嗎？」

「事情不好說不好說，老師不要八卦啊。」說此話時他笑瞇瞇的，回復平日常見的天真笑靨，好像已經放鬆了。

事情的確不好說，然而這幅圖畫已教我有過多的揣測。

「老師你有什麼要我幫忙呢？」

還是孩子機伶，我竟差點忘了今天把他留下是為了讓他幫忙，趕緊拿出一疊簿，請他幫忙蓋印，我知道這是孩子們非常喜歡的任務。

下星期將要退學的和樂，我又能真正認識你幾多呢？

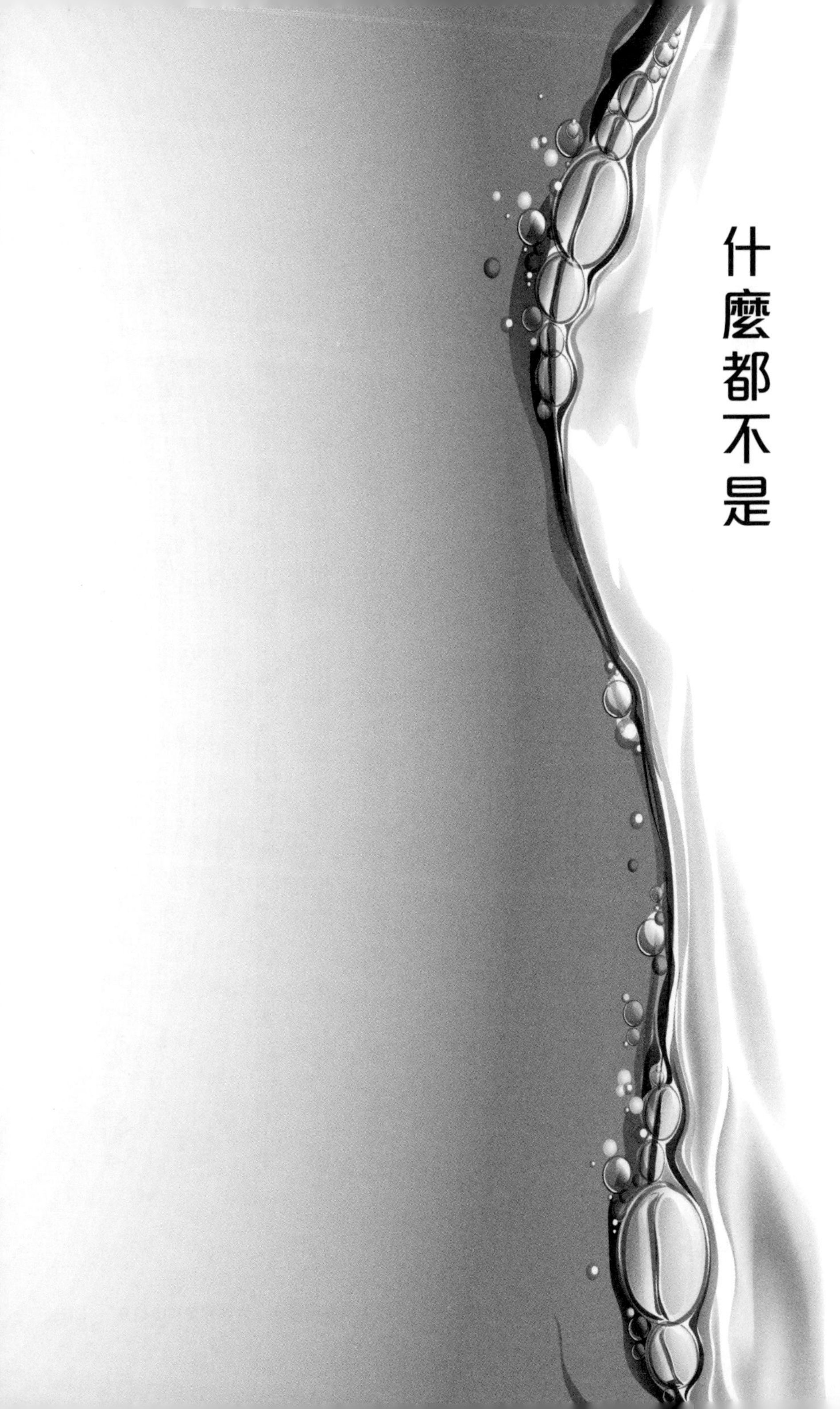
什麼都不是

我天生就是個得人愛戴的籃球員。我享受這樣的籃球員生活，無法想像沒有籃球的日子，沒有籃球，我就什麼都不是。

不論教練、隊員還是對手，都非常肯定我的能力。教練經常給我加倍的特訓，起初我只道不公平，覺得教練針對我，所以偏偏要勞役我、折磨我，後來我才想到，他肯定是特別賞識我，看準我比起一般隊員有更高的天分和更強的戰鬥力，所以刻意栽培我，實在是「別有用心」！

難以解釋為什麼每天上學我都疲憊不堪，老師講課各有風格，有的像講道，有的像唸喃嘸，偶爾也有一些稍為風趣的老師，講課像棟篤笑，其餘全都催我昏昏欲睡。我極少在課堂期間聊天，不是我與同學相處不來，其實我人緣極佳，相識滿天下。老師說上課聊天非常騷擾，我絕對認同，但我並非因為她這樣說而不聊天，只是覺得睡覺的時候聽到談話的聲音實在討厭，不論高談闊論或竊竊私語，同樣叫人煩躁。

唯有課堂以外的時間，叫我格外精神爽利，尤其球隊練習的時候，我更是不知哪來的勁兒，活力充沛。不止不遲到不早退，我更會自己「加操」，許多人都見過我獨自在球場上連續練投籃。「你在籃球場上簡直像第二個人一樣。」不止一次，我聽到這樣的評價。我不諱言球場是讓我注滿力量、渾身是勁的地方，也不介意他們說我回校的目的，純粹是借用學生身分來打球。的而且確我是為了可以打籃球才回來的，怎麼說也沒相干呢！至少我找到自己的人生目標，比那些回來渾渾噩噩的同學優勝得多。

「你將來要當籃球教練嗎？」如果是其他人這樣問，我一定會怪他無知，香港根本不是會支持運動員的地方，但今次問我這個無知的問題的，是我最尊敬的老師。

「不會。要在香港當籃球教練很艱難，基本上沒可能。」

「你將來想要做什麼呢？」如果是其他人這樣問，我也一定會怪他多餘，明天的事誰知道呢？我一直都覺得學校很矛盾，老師叫我們要掌握今天，活在當下，卻又愛指點我們把握機會，計劃將來。我連有多少篇範文，要考多少份卷都不記得，老師為此教訓過我上百次，我仍是不記得，但唯一記得的就是李白主張及時行樂。這是大智慧，他說得再對都沒有。現在不享受，還要等什麼時候？我享受的正是在球場上揮灑汗水的時光，享受眾人投在我身上專注的、充滿讚歎的目光，尤其那些自女孩子眼睛裏發出的閃閃亮光。球場讓我自覺是個巨星。

「這次又要靠你了！」隊友拋打我的臂膀，一如既往，我笑笑，從容道：「講呢心！」心裏不禁沾沾自喜。我不下一次成為最有價值球員，每次獲獎都是眾望所歸，沒有人不服氣。單憑隊友對我的信任和依賴，已知我在球隊中，擁有無可比擬的價值。因為有我，球隊才能在學界賽事中「穩入四強」。據說，部分友校的籃球隊只要聽到會跟我們對賽都搖頭歎息，名副其實的「聞風喪膽」！因為我的名字，正是阿風。

我曉得這話是真的，沒有誇張。因為賽場上纏着我的對手球員是最多的，如果他們覺得我沒有威脅，便不會安排那麼多人來「mark」實我。四強是最佳成績了嗎？要和三甲比，當然及不上，但這是我校近十年來的最佳表現了。體育老師汪Sir多次說到我畢業之後，恐怕籃球隊後繼無人，要再次進入冰河時期了。以前我不明白為何汪Sir能做體育老師，論身形，他是最不及格的體育老師，矮、胖、超巨型肚腩。但看過他在百米跑道上，如皮球般高速滾動至近乎展開雙臂就能飛翔、在草地上追着足球靈活奔馳、在籃球場上仿若青蛙，以驚人彈跳力跳彈投籃、在乒乓球場前紮馬握板抽擊，即使在保齡球場、高爾夫球場他都「有姿勢有實際」……我真心感到沒有人比十項全能的他更有資格當體育老師，再看看他的身形，縱使我仍大惑不解，但我更佩服他了，在這副看似負累的臭皮囊裏，有着這麼跳躍的靈魂。汪Sir以前是運動員，退役後才當上體育老師，他也經常勸我讀書，說將來可以像他一樣當老師。「運動員生涯是很短暫的，就算你天生是籃球員，也要為自己將來作打算。」

將來的事誰知道呢？不過如果真的有將來，我一定不會做老師。我討厭讀書，且莫說沒有能力和資格做老師，我也不會逼迫別人做連我自己都討厭的事情。

今個學期開始，隊友的「今次靠你喇！」轉了向高佬說。任何賽事被 mark 得最多的是高佬，教練的特訓也包括高佬。由高佬帶領的個人特訓，每個隊員都自願額外加操。從前所有落在我身上的目光，現在都留了給身高一米九二，球技超卓的，曾奪得學界冠軍隊最有價值球員的轉校生——高佬。

我曾經以為，我真的天生就是個籃球員，熱愛籃球至沒有籃球就無法過日子。原來我並沒有那麼喜歡籃球，沒有隊友的依賴和讚歎，我才真的什麼都不是。

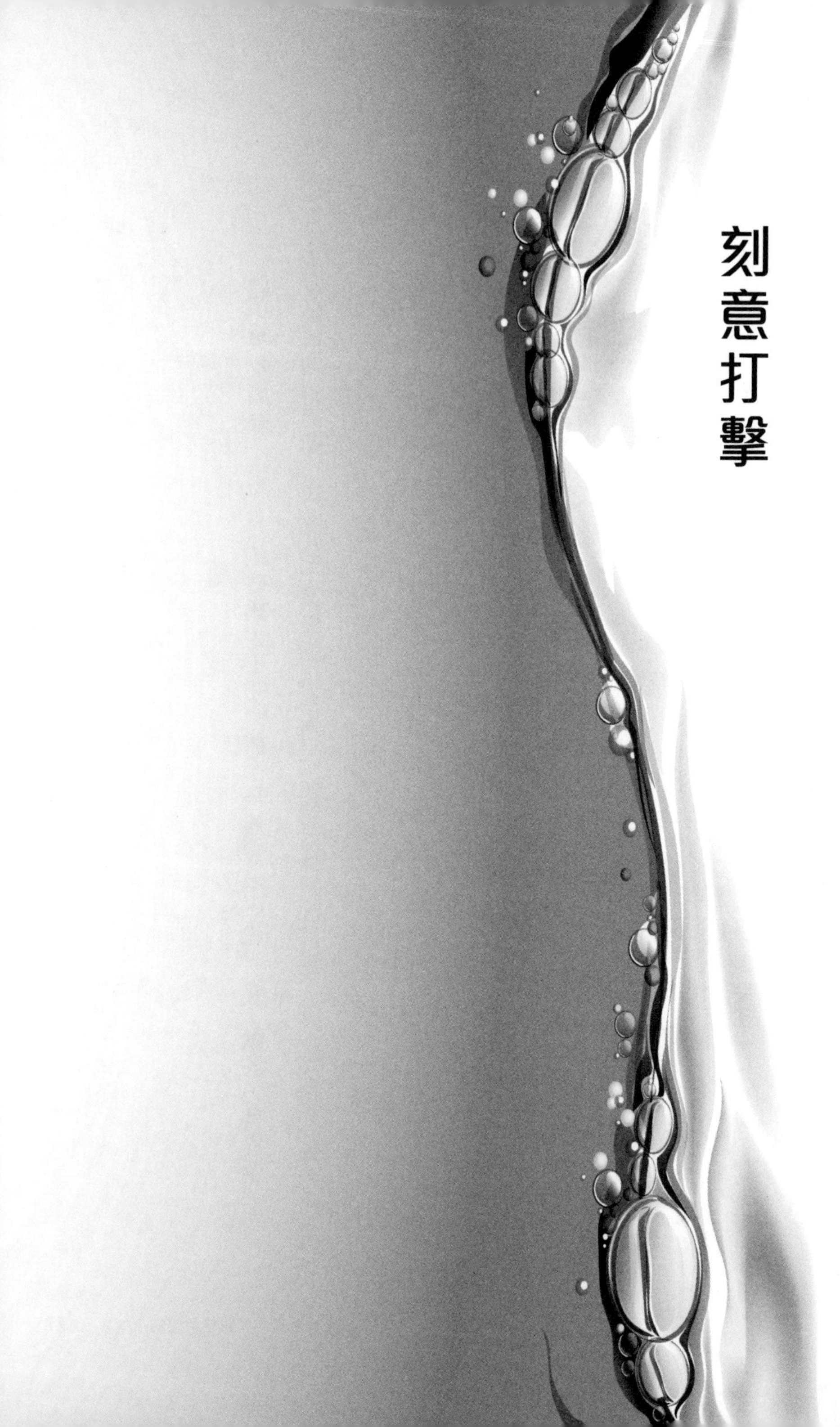
刻意打擊

敏晶不時回想從前的中學生活，每次她都會記起一位同學，一位特別喜歡刻意打擊她的同學。

自小英文成績不特別差的敏晶，不知何故，升讀中三之後，除了默書，英文就從未及格。猶記得第一次收回不及格的試卷時，敏晶簡直晴天霹靂，連手都發抖了，最糟糕的是老師說卷子要拿回家給家長簽名。應考的時候，敏晶已沒有多大信心了，不少詞語她是認得的，但拼湊起來許多考題她都不懂。只是，她料想不到自己會取得一個尚欠兩分才及格的分數。向來注重成績的爸媽能否接受呢？她已經可以預視，父母不會嚴厲地責備她，但一定會給她多請一位專門特訓英文的補習老師。光想到這一點，敏晶的頭益發疼痛了。

敏晶常常想，如果沒有補習老師，她的成績會變成怎樣呢？她的生活又會變成怎樣呢？現在已經有兩位全科補習老師，中、英、數各一位專科補習老師，一星期已經有五天要補習，另外兩天要學鋼琴，雖然補習和學琴算不上佔據她全部課餘時間，但天天都有節目安排，的確充實，有時會叫人感到疲於奔命。

在學校裏，敏晶自覺是「半透明」學生。她沒有任何特別之處足以令人加倍留意，也沒有需要格外關注的行為問題。課堂上她更沒有破格表現，不會因犯規而惹人側目，也不會因積極求學發問而引人注視。成績方面絕非出眾，卻也不至於極度差劣，所以基本上，她就是那種不好也不壞，不需要讓人花額外時間注意的「半透明」學生。

她有兩位特別要好的朋友，嘉露和瀅思都是和她一樣的「半透明」學生。小息、午膳時間，三人總愛聚在一起，上學會在車站會合，一同回校，放學也會同行到車站。三人行的日子維持了一年多，大家一直相安無事。然而，到了中二學期初，敏晶覺得這段三人友誼好像出現了一點變異。瀅思開始特別親近嘉露，甚至試過撇下敏晶，二人私下相約外出。敏晶覺得心裏很不舒服，但不曉得怎麼說。要是她們說：「約你的話，你一定沒有時間啊！你天天都要補習。」她就無言以對了，畢竟總不能要別人常常遷就自己的時間表才安排節目吧！

雖然還是會一起上學、下課，小息、午膳還是會走在一起，但大家的話題愈來愈少了。有時看到瀅思和嘉露二人言談甚歡，甚至笑得人仰馬翻，而自己卻不曉得她們歡樂的原因，敏晶只覺心裏酸溜溜的，不是味兒。而教她最難受的，是瀅思開始經常借故打擊她。尤其每次英文測考之前，瀅思都會對敏晶說：「唉，這次我肯定又有一大堆題目不會做了，敏晶，看來又是我和你『鬥低分』了！」

自從那次測驗不及格，敏晶的媽媽真的為她再找來了一位在大學主修英文的補習老師，不過敏晶的成績還是徘徊在不及格邊緣，分數更是每下愈況，媽媽愈來愈緊張，又問敏晶是否需要換補習老師，最後敏晶的媽媽還未提出辭退補習老師，補習老師已自行請辭了。

連科任老師也注意到她的退步了，經常在分數旁邊寫下「Work harder」、「Poor」等批語。看到成績節節倒退，敏晶很在意，爸媽愈是不責備她，她愈覺得內疚，不知道要怎樣向父母交代。偏偏瀅思好像看穿她的心事，曉得她為此耿耿於懷，常常以此刺痛她。她不明白為什麼瀅思要這樣打擊她，「是不是我曾不小心開罪了她而不自知？」敏晶覺得很冤枉，很委屈，但沒有人明白她。她曾想過跟嘉露說，不過最終還是沒有開口。嘉露和瀅思，似乎早已與她生疏了。

沒有人主動開口說不再一起上學放學，但三人的友情已自然流逝，無聲無息地、悄然地無疾而終。中三的暑假過去，嘉露和瀅思都沒有相約敏晶同行，敏晶也沒有聯絡她們。開學日那天，敏晶刻意走了另一條路上學，不過在快到學校的那段小路上，敏晶還是遇上了嘉露和瀅思的背影。她們的髮髻上束着同樣的髮飾，背着一樣的書包，書包上繫着同一系列的鑰匙圈，像對孖公仔。敏晶刻意放慢了自己的腳步。

敏晶很希望自己可以被分配到和嘉露、瀅思不同的班別，但她的願望只實現了一半。新學年，敏晶和嘉露不同班了，可是，卻和瀅思同班。她曉得如無意外，未來這兩年都不可能換班了，即是瀅思仍然會繼續打擊她，依舊會在每次測考前高聲向她宣戰，和她「鬥低分」。

敏晶很難過，也覺得這些話很刺耳，但要結識新友伴，重新融入別人的圈子是很困難的，因為每個圈子都有固定的關係，她害怕介入別人的友誼，更擔心在主動接觸別人的時候受到排擠。

如今敏晶只能盼望，這兩年就算無法認識到新朋友，也要學習鼓起勇氣反擊，或者，無視那些不明不白的刻意打擊。

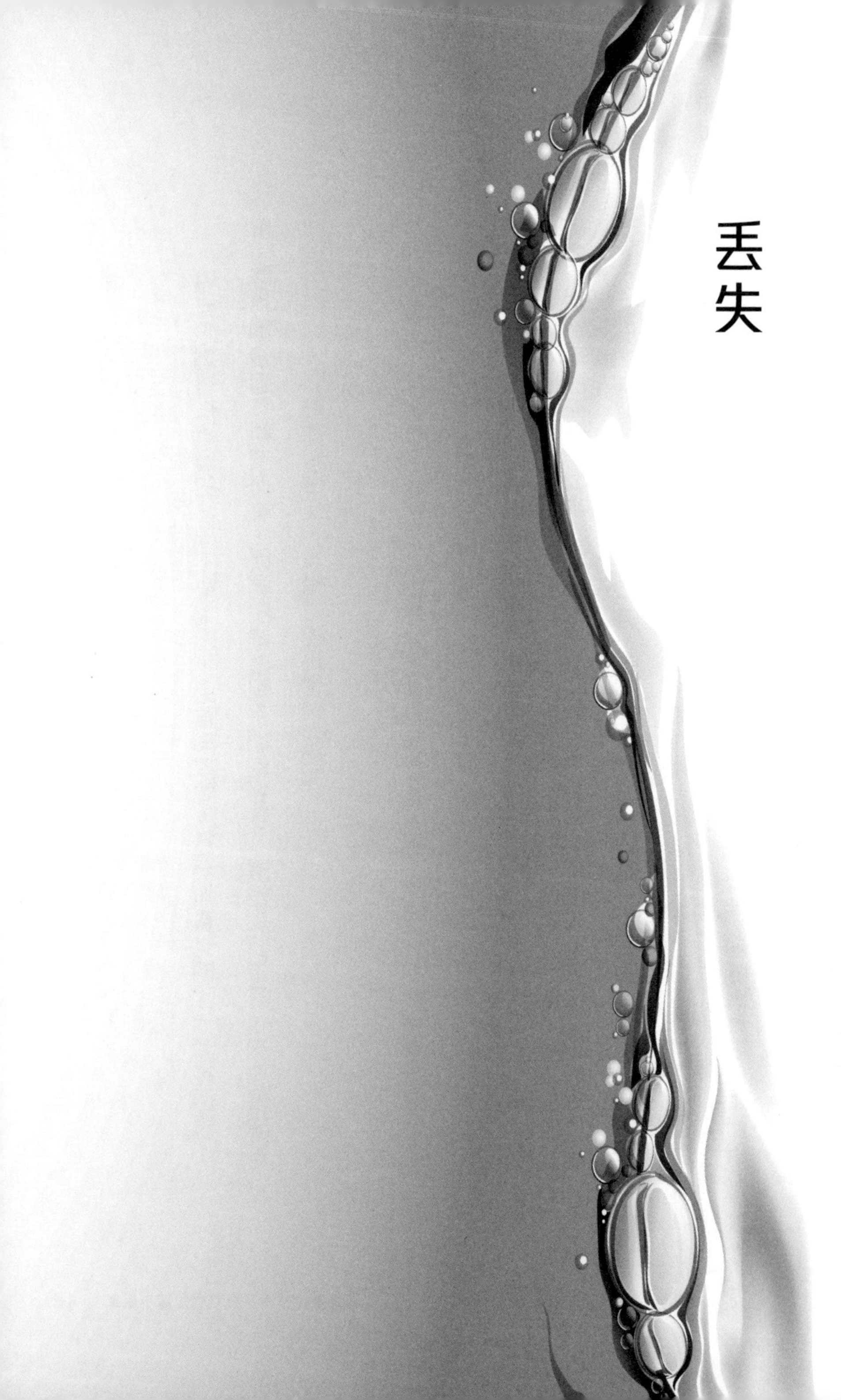

丟失

當時陳老師就是至高無上的權威，他一聲令下，根本沒有人膽敢違抗。

海純心裏是有懷疑的，但不敢提出，更遑論採問，甚至指責老師了。海純百思不解，要是她沒有依時交作業，陳老師早就記下她的名字，讓她到留堂班，更會要求她無論如何即日開始補做習作，怎麼可能輕易饒恕她？

陳老師向來是多麼嚴格，大家都知道他鐵面無私，說一不二，對於懲罰更是從不放軟手腳，暗地裏大家都稱他「鐵面陳」。每次收功課，他總是即時檢查大家是否交齊，欠交者必須即日留堂補做。即使同學只是忘了把功課帶回校才無奈欠交，陳老師也要求同學即日補做，絕不容許隔日補交的請求，不過——即使即日補做，隔天仍是要呈交忘了帶回校的功課。換句話說，即是欠帶功課的同學，是要把同一份功課做兩次的。初期還偶爾聽過同學以此理由向陳老師求情，希望可以打動他格外開恩，但嘗過幾次做雙倍功課的懲罰後，沒有人再敢提出，也免得到派回功課的時候要做兩份改正。如果說弄丟了功課，要受的懲罰更多，陳老師說：「沒有人有責任為你好好保管屬於你的東西，疏忽大意就要承受代價！」。

「要是我真的欠交地理科文件夾，怎麼可能隔了一個多星期，陳老師才『秋後算賬』？」這個問題在海純的腦海裏繚繞不去。這完全有違「鐵面陳」一貫的作風！「而且，這星期也有上過地理課啊！如果我真的拖欠功課，陳老師怎可能還會待我如此寬容？平日只要有一人欠交，陳老師整節課堂都會緊繃着臉，加上這次丟失的是厚厚的文件夾，這意味着全年的功課一併丟失了，在考試前才遺失課業和溫習材料，罪加一等，陳老師必然加倍重罰……」

許多許多問題不斷湧出，佔據海純整個腦袋。

雖然陳老師如此嚴格，但大家都尊敬他，甚至可以說，他是校內難得的一位讓學生又敬又畏的老師。要學生對老師心存畏懼不難，但要學生對老師心存由衷敬意就不容易了。陳老師能夠得學生如此敬重，是因為他學識淵博，不但地理知識豐富，即使其他沒有任教的科目也都通曉，每次上陳老師的課都像資訊大爆炸，大家都緊執筆桿飛快地抄寫筆記，生怕有所缺漏而大大吃虧。

而且，陳老師處事公正嚴明，不偏心，不徇私，他的嚴謹起初令人怨聲載道，暗地裏埋怨陳老師不苟言笑，不體恤在會考沉重的擔子下苟延殘喘的學生。然而，漸漸地發現他的大公無私和嚴厲要求，使得大家的秩序和學習態度愈來愈好，班級士氣也大大提升，大家開始對他改觀了。很多同學都愛擔任科長，因為容易得到老師的偏愛，但做陳老師的科長可不行了，不但不能得到優待，甚至要比其他人都更自律，更公正，更重視規矩。

海純正是地理科科長。

身為科長沒有以身作則，竟然欠交習作，甚至遺失習作，自然是知法犯法，罪加一等。

「嚴海純，今天放學後來找我。」地理課結束的時候，陳老師這樣說，海純不以為然，她還未感應到將有災難降臨在她頭上。

「下星期一交給我，必須全部完成。」陳老師把一個裝滿全新的地理科習作的文件夾遞給海純，拋下這句話，就回教員室了，留下海純呆立原地。

海純懷疑過自己的文件夾是不是被偷了呢？是不是晚上在校舍裏巡邏的那條黃狗走到陳老師的開放式簿櫃叼了她的文件夾呢？因為她的文件夾就放在最上面。

陳老師並沒有在課堂上公開海純「欠交」這件事，也沒有公然追收她的文件夾，一切都那麼低調地發生，低調地補救，低調地結束，一點都不像陳老師的作風。海純是懷着滿腔的不忿與不平完成文件夾內的習作，她借了好朋友的文件夾，把全部答案抄了一次，抄寫的時候，沒有一刻想到任何關於地理的知識，而只是想到這件事疑點重重，無奈自己懦弱膽怯，不敢求證。如果陳老師真的認為是她欠交，沒理由讓她有「特權」不用承受公開責備，如果陳老師知道她沒有欠交，文件夾只是因為其他原因而丟失，沒有理由不公開「審案」。就因為這件事的處理方法如此不尋常，才令海純覺得更委屈。

她甚至曾懷疑是不是陳老師把她的文件夾弄丟了。

最後，海純花了整個星期五的晚上，以及整個星期六、日，幾乎全沒休息地謄寫，才把文件夾裏的習作答案全部抄完。她花了很多時間，費了很大的勁兒，才完成這艱鉅的任務。當海純把文件夾交給陳老師的時候，她什麼都沒有說。陳老師只說了一個字：好。海純希望陳老師會發現文件夾裏夾了一張紙，上面寫着：我真的有依時呈交完整的文件夾。

如今海純也當上老師，當日她的文件夾是給別人偷去，還是弄丟了，仍是個謎團，校友聚餐的時候見到陳老師，她很想問個究竟，她很想知道答案。陳老師是不是覺得事件另有內情，才會低調處理？可惜她始終不敢問，她心底裏仍是覺得委屈，卻也不希望老師有被冒犯的感覺。不過，事隔多年，或者陳老師早已淡忘，根本不會把這事放在心上。

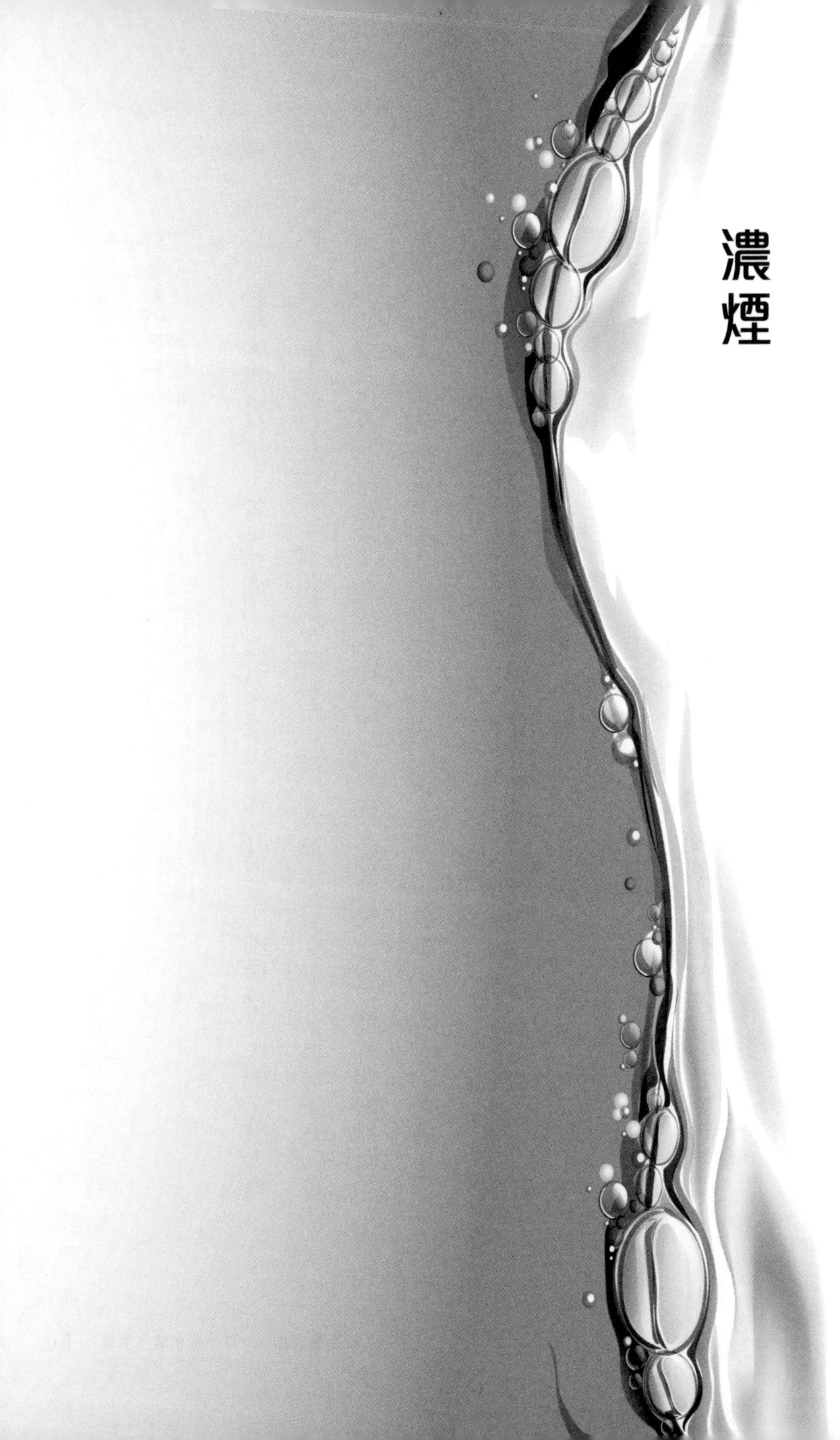

濃煙

對於從前大部分老師的印象，早已模糊得連輪廓都不剩了，我唯獨記得那個被濃煙籠罩的背影。

胖胖的老師姓朱，看來像四十餘五十歲，半禿的頭髮，前額油光閃閃，臉上有許多痣，每天都穿短袖條子襯衫配及膝斜布短褲、波襪、球鞋，冬天的時候會加一件禦寒背心或者風衣，紅色的。他的耳朵很大，耳珠又厚又長，是那種福相形耳朵，兩隻耳朵跟頭骨貼得緊緊的，右邊耳朵上沿與頭部之間，恆常地夾了一枝沒有蓋的原子筆，從未掉落。就像蹲在投注站外的馬迷，也像茶餐廳伙計。他走路的時候，「士啤呔」狀的肚皮晃動，徐疾有致，不時停步，抽一抽褲頭再開步，估計他的褲子是不會掉下來的，也許那只是一種讓自己感覺安全的習慣。他從不與人有眼神接觸，未見過他直視任何人，我試過好幾次緊盯着他，他都沒有反應，連瞥一瞥我的閒工夫都沒有。那鎖在一雙小眼睛裏的渙散眼神，老是飄得遠遠的，不知會在哪一方降落。奇怪的衣着搭配，奇怪的習慣，但不予人討厭的感覺。他是教純粹數學的，他的課也就真是純粹只有數學，純粹只寫數學題。我們都叫他哨牙朱。一團一團的灰煙如霧包圍他，每次盯着他的背影，我都不禁想：在這種學店裏教書，是優差還是苦差呢？

哨牙朱向來沉默寡言，不苟言笑，兩年之間我好像沒見過他笑，樣子永遠是一副木訥呆板的憨厚。每次走進教室，他都自顧執起粉筆，在黑板上寫出一列代數公式，然後便回到教員室去。回來的時候，總有一股非常濃烈的煙味籠罩着他。我們都肯定他是回教員室抽煙。待一根煙點盡，便回來再次執起粉筆，在黑板上填滿未完的步驟和答案。這無數的等待時光，我們都在做些什麼呢？打鬧嬉戲開玩笑，玩些什麼我全都忘了，只記得反正沒有幾個人會認真做數學題。

有次我遲到，踱步回校的時候往校園看，恰恰見到哨牙朱在一樓走廊上，對着球場憑欄抽煙，煙霧瀰漫之中，好生落寞淒涼，看見籠罩在灰白色煙霧中迷濛的他，不知怎的，我忽然很不想回校，逕自回頭往家裏走。那天我只在住所樓下的公園呆坐了一整天，什麼都沒有做。母親也不知道我缺課了，因為學校根本沒有人會聯絡她。

哨牙朱每次上課都是連堂，而他只會和我們做兩道數學題，基本上不怎麼講課，兩道題目的公式和步驟剛好填滿黑板，兩個課堂光景，可以一句話都不說。曾經有同學在課堂期間，開了一包花生和大家邊聊天邊剝花生，哨牙朱只回頭望了一眼，便繼續寫算式步驟。如果是現在，一節課堂只做兩道數學題，還要只抄寫不解釋，不給投訴才怪。

我們那個年代的學生，在那種學校求學，不過當是在中途站歇歇腳。無法在主流文法中學升學，又想繼續讀書，只得往那樣的地方停靠。自己上課態度本就鬆散，就算老師教學鬆散，也沒有人與之對抗，可能是出於一點自知的慚愧。師生相處，對話無多。最後我是怎樣考得上師範呢?好像是靠夜裏自修吧?畢竟即使散漫，我還是想讀書的。

哨牙朱從沒叫我們抄他的算式，看到有人默默把算式抄寫得井井有條，雖不阻止，卻也絕不嘉許。我老是覺得哨牙朱那略過垂首抄寫筆記的同學的眼神，好像帶點鄙夷，這一點和大部分同學如出一轍。我們這種來學店混日子的，裝個勤學模樣要給誰看？即使想勤奮，也不好意思在課堂上埋頭苦幹，像個異類似的，寧願回家努力耕耘。

年輕時我也抽煙，哨牙朱和我抽的煙是同一個牌子的，我認得，嗅得出來。如今我當上教師已幾十年了，都不敢在校園、走廊抽一口煙，莫說在學校走廊不行，哪怕是房子外的走廊都不敢，彷彿抽一口煙就罪該萬死。記得有一次，新年要到岳丈家拜年，帶得酒來忘了買煙，大年初一妻子一張臉就拉下來了，無可奈何之下，只能草草在便利店買兩條煙。環保袋裏堆滿了大包小包的糖果烈酒禮盒，兩條煙都不知能塞到哪裏。

「何Sir，恭喜發財！」萬萬沒料到收銀姐姐是班上學生的媽媽，真真失策了。「新年快樂！生活愉快！」先是失措，繼而是羞恥的感覺一下子猛衝我的腦袋，尷尬又狼狽地回應，周遭的人彷彿同一時間看到我的異相。「何Sir，未攞煙呀！」我竟失神得付了錢後立即落荒而逃。黃太的聲音很響亮，響亮得我整天都聽到耳際反復響起「何Sir，未攞煙呀！」的提醒。

「何Sir，七仔買貴好多㗎，下次跟我買啦！慳埋就兩包喇！」

農曆新年假期後回校，除了早晨之外，我聽到最有內容的就是這句話。步進課室，聽到一眾少男少女熱切地問我平日在哪兒買煙？每天抽多少？「何Sir，好心你平時就唔好成日捉我哋啦！你自己都食。唔怪得你個鼻咁靈，動不動就話聞到味，原來你自己都食。」

我知道從黃太看到我買煙的刹那，多年來辛苦建立的形象已瞬間粉碎。

一陣目眩，我又再想起從前那不苟言笑，在濃煙中生活的落寞哨牙朱。

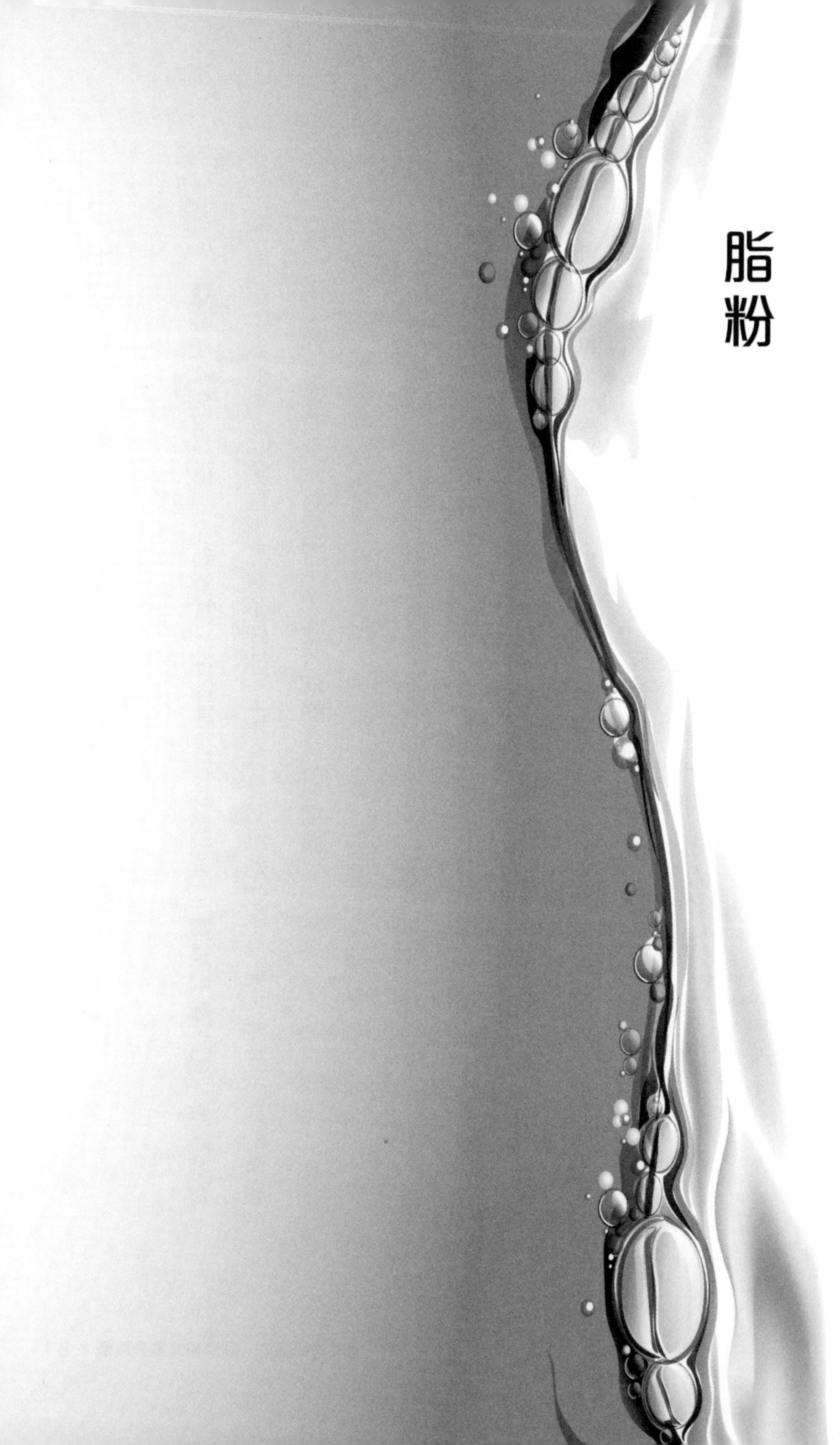

脂粉

「照片裏的這個人真漂亮啊！是你嗎？簡直漂亮得一點都不像你。」

慧璇在社交平台發佈了新照片，在留言裏看到這句話，竟是興奮不已。難道她看不出話中玄機嗎？「簡直漂亮得不像你」，不就是暗示她並不漂亮、相片失真的意思嗎？別人的嘲諷竟還以為是讚美，我看她簡直自戀得瘋了。

自去年開始，慧璇每天都把大堆大堆化妝品往臉上塗，彷彿不塗脂抹粉就不能上街。約她外出，她老是花過多時間打扮而遲到，與以往判若兩人。後來，她更開始在社交平台頻密地上傳照片，每一張都經過美圖工具修飾加工，愈來愈失真，愈來愈像「照騙」。她彷彿着了魔似的瘋狂愛上「微調」照片。每次都聽到她說：「我不過是用了濾鏡而已啊！我喜歡用濾鏡，讓照片看起來更有情調，看起來更有氣質，其他都沒有特別加工。這是我的真面貌啊！」我不由得非常反感。

自欺欺人。

卸下妝容的慧璇其實滿臉雀斑，眼角也爬滿了細紋，但這有什麼關係呢？我就是愛她的自然美啊！從前的慧璇不施脂粉，自然零妝容，看起來倒是予人清新秀麗之感，不過是換了個工作，怎麼像變了第二個人似的？

好幾次我都勸她，如非工作必要，其實不化妝的她更好看、更耐看。每次都換來她的白眼或冷言冷語：「我長得漂亮不好嗎？你怕我長相太好看引人注意嗎？有個美若天仙的女朋友是你的福氣！你倒是不曉得有多少人羨慕你，身在福中不知福。」

忘了由何時開始，我們每天的話題，幾乎都離不開誰稱讚她長得漂亮、誰讚美她明艷照人、哪一張相片得到很多人點讚……我實在厭倦這些枯燥乏味的，毫無內容的話題了。對自己充滿自信不是不好，但總得有個限度，這種幾近自戀的吹噓，叫人吃不消。最過分是她要求我一定要附和她，一旦表現得較冷淡，又會惹她生氣，招來不必要的磨擦。我開始招架不住她的無理和情緒化了。

「你看，隨便一張照片都有那麼多人讚好，可見我的美是非一般的美，是得到廣泛認同的，讚美我、欣賞我的人遍及各階層，來自部門的、合作夥伴的、任何階層的，男男女女都有！當然，還是以男性居多，我勸你最好還是培養危機意識好了。你知道嗎？不止很多舊同學及舊同事都說我天生麗質，愈來愈美，愈來愈有氣質，甚至經常有陌生人在社交網站要求我加他們為朋友。能夠有這麼一個美人兒紆尊降貴做你的女朋友，你還整日『懶懶閒』，哪天我被別人『追』走了，你後悔都來不及！」

我開始有胸口作悶的噁心感覺。慧璇的確長得不難看，但根本沒有她和她的所謂「朋友」所說的那般天姿國色。還說什麼以前的朋友呢？她已經很久沒有認真參與我們從前的朋友圈子的聚會了。上一次大伙兒相約野餐，她穿了迷你裙和高跟涼鞋，大大的草帽下露出半張化了妝的臉，花了很多時間在草地上拿着一盒士多啤梨把玩自拍，自拍完了便開始嫌日曬，嫌有蚊子叮咬。眾人起初面面相覷，後來刻意裝作若無其事，我只覺得尷尬不已。

那次野餐讓我們都曉得，慧璇已經有新的朋友，有新的活動圈子了。

對於慧璇的刻意「提醒」，我已厭倦了很久，從她首次開始這樣對我說，我就覺得極度厭惡。濃妝艷抹的慧璇讓人覺得很陌生，從前上街，隨意走走逛逛、拍拍照，輕鬆寫意，現在吃飯要講究食物賣相是否吸引，用來「打卡」能引來多少人的注視？往日無負擔地於街道之間遊走穿梭，如今卻要刻意發掘周遭能捕捉眼球，有「出PO」價值的景物。何必連放假都活得那麼拘謹呢？就似是把生活全都連結到網絡，準備隨時可以篩選出滿意的「照騙」。「呃like」真的這麼重要嗎？即使到訪舊日最愛逛的書店，她第一時間都是要拿起書本，站在書架前擺出不同姿態，要求我為她拍一幀能散發文青風的照片才滿意。在擺放書籍的區域拍照後，到文具展區又要拍照，拍了一大堆照片就急忙上載，上載完畢，書店就被「逛完了」，失去了利用價值。從前那個愛讀書愛往書店鑽的她往哪裏去了呢？那才是真文青吧？

我很懷念從前偶爾和一班朋友野餐、唱歌、圍讀的日子，也懷念從前閒着沒事就和慧璇往圖書館裏鑽，埋頭閱讀的日子。從前的她純樸溫文，妝扮乾淨俐落，偶爾略施脂粉，清新亮麗。她實在改變得太多了，我感到我們的價值觀已偏離，我無法認同她，也難以接受她了。

或者慧璇說得對，我是真的要培養危機意識的，當兩個人的想法和看法都愈見偏離，來日方長，是否真的還能一起走下去呢？

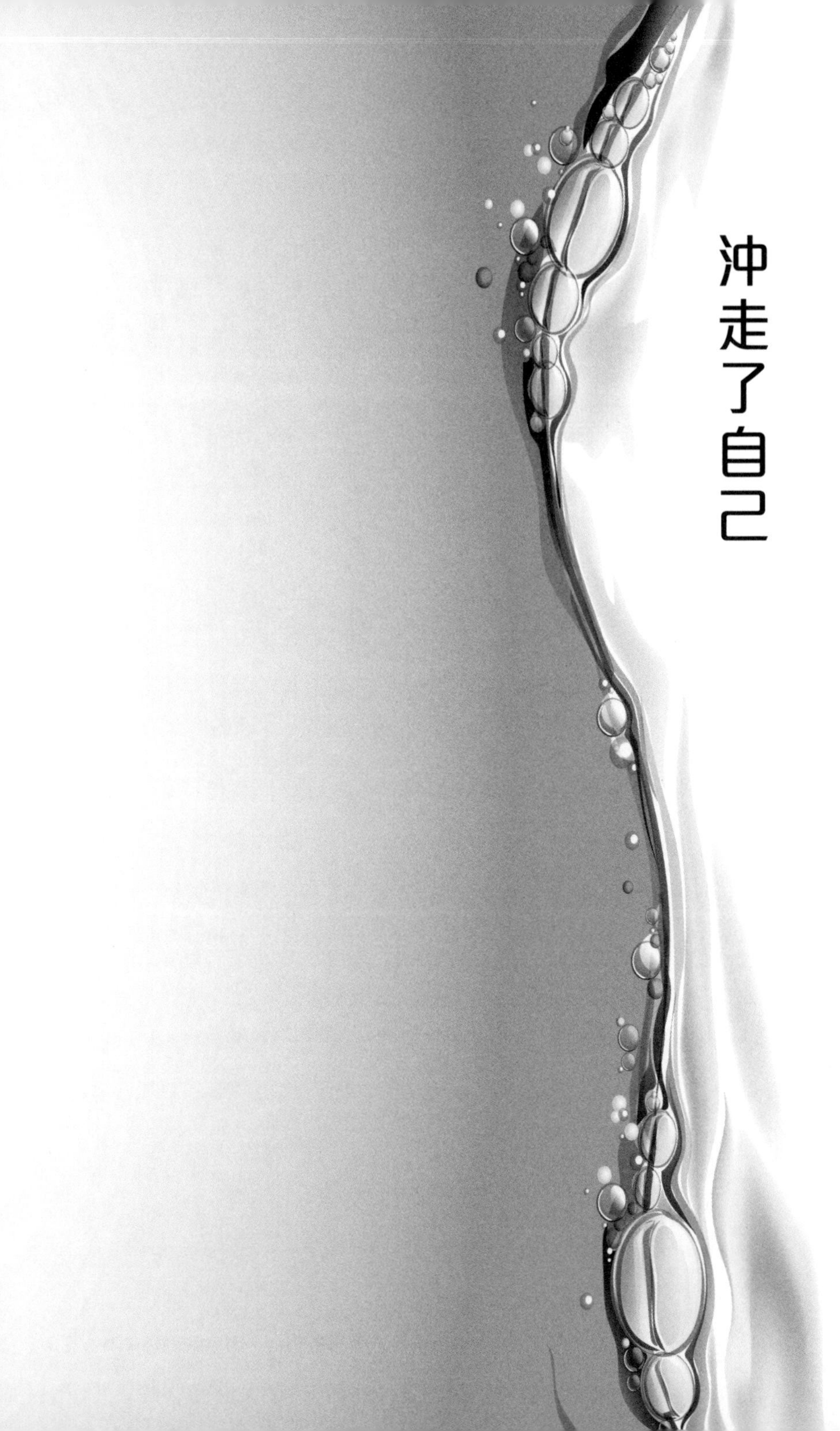
沖走了自己

大部分時候，美意都在你一言我一語之中，盤算下一頓晚餐，有點忿忿不平地，有點無可奈何地。

「你現在做飯，愈來愈難吃！」

「就是！她現在做飯，愈做愈難吃！」

「對！全都像白焓一樣，沒有滋味。」

「沒有油沒有鹽，餵豬嗎？」

美意總是沉默，夾些餸菜到小兒子和小女兒的碗裏，默默低頭吃飽就算。因為她曉得只要回一句話，糾纏定必一發不可收拾，類似的經驗有過太多了，所以她寧願忍一時之意氣，也不願貪一時之快。畢竟為毫無生產力的口舌之爭浪費寶貴的時間實在無謂。

為了兼顧家務雙倍小學家課講故事媽媽青春期反叛高血壓濕疹膽固醇過高脂肪肝辦公室政治……每天的生活都叫美意筋疲力竭。婆婆最抗拒外出用膳，又最尖酸刻薄，幾乎沒有什麼東西能討她歡心；先生討厭隔夜食材，隔餐的餸菜他是連碰都不會碰的，據婆婆說這是從小養成的嬌縱：「我從來唔畀我仔食隔夜餸！」公公的舌頭最饞嘴、最不挑剔，從前他們家裏的剩菜殘羹，都是公公包底掃清光，這也是婆婆說的。「海納百川」型的腸胃，卻也叫公公成為家裏最高危的三高人士。作為媳婦，極其量也只能盡力規勸節制、忍饞，勒令禁止是萬萬不可的，即使為了健康也絕不可以，不然又恐招來不孝順、不分尊卑的標籤和冷言冷語。

下班之後，鑽進濕漉漉的街市買菜，總是不方便。礙於工作關係，要帶「師奶戰車」上班是不行的。即使可以，美意也擔心有損形象，有時她會想，要是提着一包二包菜肉魚碰到下屬怎麼辦？平日建立的霸氣嚴肅形象，恐怕毀於一旦。一身襯衫西褲高跟鞋在街市檔口之間穿梭極不自然，像她一向愛光顧長期播放節拍強勁的韓國音樂的廣式燒臘店般，所有東西湊合起來都不協調。婆婆最愛提起這間「不倫不類」的店，但每次見她「斬料」，都會問是不是「祥利」的燒味，然後便從老闆的外表、年齡、髮型，以至種種燒味的味道逐一批評。燒臘檔和豬肉檔並列，韓國舞團節奏明快強烈的音樂和劈骨頭的聲音並列，交替的聲音如此的格格不入。

美意其實不愛這個地方。她最愛預先製作的餸菜，菜色選擇多樣豐富，翻熱方法簡便，味道又好，而且還能送到家門，方便極了。不過她光顧了三次就沒再選購，因為三次都讓婆婆大發雷霆。其中一次，是一家人在吃香菇鱿魚肉餅吃得滋味時，新聞報道員報道政府把關不力，被餵食哮喘藥的豬流入市面……婆婆把碗重重的摔在桌上，孩子就哇哇大哭了。

美意也喜歡超級市場，預先洗切包裝的餸菜包，既方便又乾淨利索，購買和烹調工序的確比前者多了一點，但至少比自己從零開始預備食材好。無奈婆婆又嫌這些預先包裝的食物不夠新鮮，丈夫也有同樣批評，結果只能走回頭路，自己腳踏實地準備。即使不願意，也得每天下班後到最近公司的菜市場買菜，這就可以在街市門口，坐一程巴士直接回到屋邨巴士站，讓疲軟的腿小休一會兒。

美意早就不再奢求讚美或欣賞了，只要有一天聽不到半句挑剔或批評，已屬萬幸。

每天最能讓她平靜下來，抖擻精神的時刻就是所有人都梳洗了，陸續睡覺去，而她也差不多完成一天所有家務——包括飯後的洗碗洗碟洗廚房拖地，拖地的同時開動洗衣機，待自己也洗完澡的時候，通常衣服就剛剛洗好，可以開始晾衣服。雖然大部分家務都不討好，但晾衣服是較容易令人產生厭倦感的家務。即使已經說過三千八百萬次，每次晾衣服的時候，美意還是發現許多內外翻轉的襯衣、左右腳只翻一邊的鴛鴦褲管、反了一半的襪子。她總得花時間逐一整理，才能掛上衣架，拖慢了工作進度，使得工作節奏極不暢順。然而勸喻、提醒、教導了這麼多次，還是沒有一個人願意聽、願意跟從，美意只覺說什麼都浪費精神，如果大家對她有一絲半點的體諒，大概她就不用處理這一連串瑣碎磨人的事兒，與其如此浪擲光陰，倒不如留點力氣，想辦法提升工作速度。

終於把全部衣物都掛在晾衣竹上，美意才能暫緩一天的步伐。這時她會用茶包泡一杯茶，靜靜的坐在客廳享受獨處的時光。茶包太方便了，方便得甚至連茶壺都不用洗刷。這段難能可貴的獨立時間，她至為珍而重之。她靜靜的坐着，左、右手輪流按摩痠痛的臂膀，讓腦袋全然放空。

每每到了這些時刻，美意都不禁想自己的腦子肯定進了水，當初才會為了沖喜，二十歲就結婚，又為了沖喜這兩個字，二十一歲就生了大兒子、二十三歲的時候再生了雙胞胎。她就是這樣在為別人沖喜的同時，背上巨大的家庭包袱，賠上了原本還有好一段時間可自由自主的人生，她努力沖喜，偏偏卻在沖喜的同時，沖走了自己。

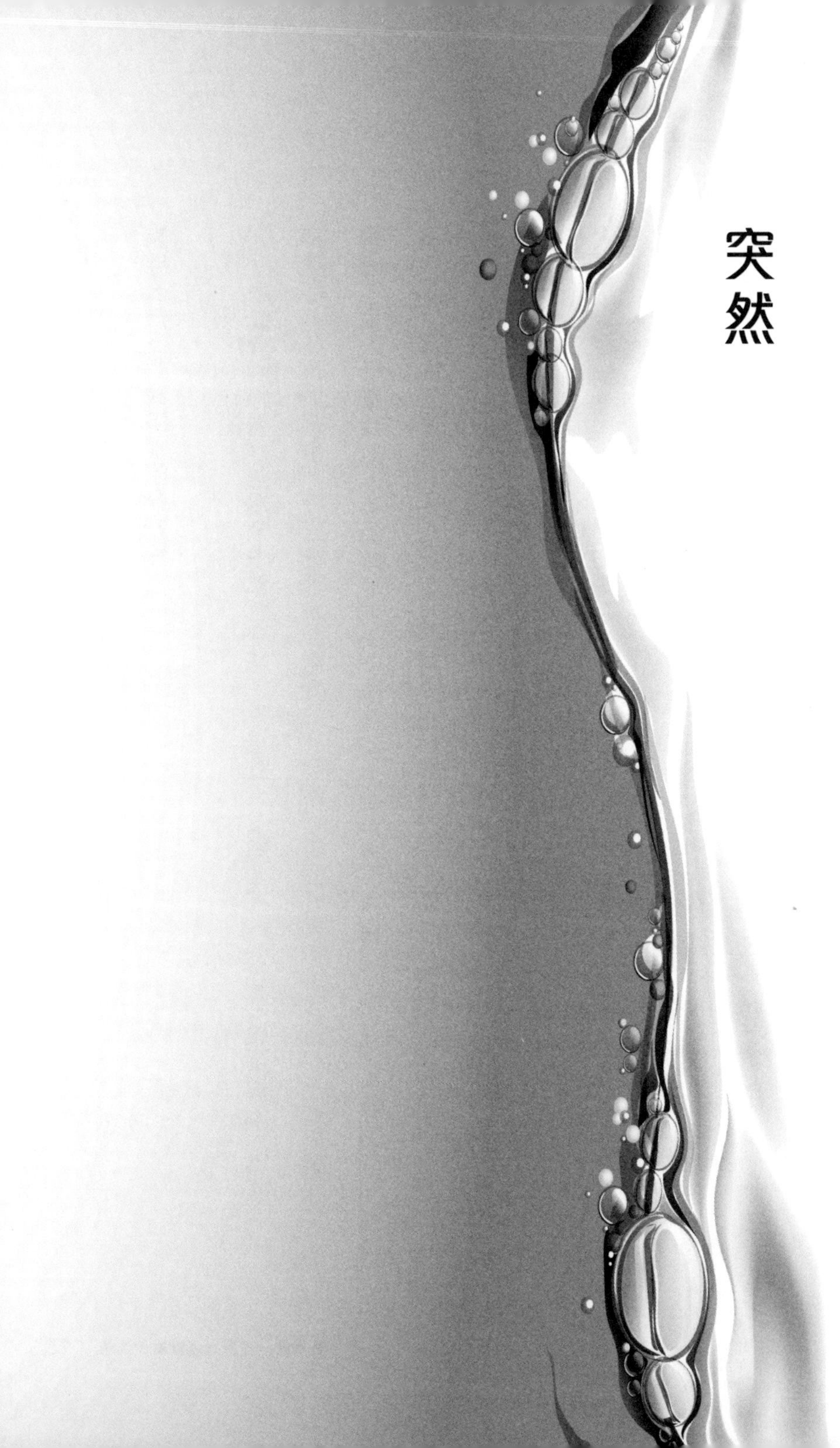
突然

妙儀離開了，突如其來的不辭而別，蒸發人間，令啟成措手不及。他終於曉得原來自己並沒想像中那麼恨妙儀。

啟成覺得妙儀是個沒來由就容易惹人生氣的人，總是在你的面前晃來晃去，有時拿掃帚，有時是抹布，拖把洗衣液吸塵機污衣籃購物車書包圍裙清潔劑等在眼前轉來轉去，令人頭暈目眩，家品雜物彷彿會自行移動似的亂七八糟。「無非是要告訴全世界，為了家務瑣事忙得不可開交，連閒下來一刻鐘都不可以。」啟成經常這樣想。如今啟成會故意打開報紙擋在面前，免得因按捺不住，怒火中燒而對妙儀破口大罵。即使他分明知道，他對妙儀怒目相向，口出惡言，她還是一副溫婉模樣，垂首緊抿嘴唇不回話，彷彿為自己爭辯都不敢。

她愈是這般服從，啟成愈發恨她。他恨妙儀，令他自覺是個蠻橫不講理的老粗，是個不解溫柔的丈夫。有時啟成甚至覺得鄰居都愛談論他們，在左鄰右舍眼中，太太勤懇照料家庭成員，無微不至，而他卻整日對持家有道的太太呼叫喝斥，必然是個暴躁乖戾、不負責任的男人。

其實啟成心裏明白，妙儀沒有什麼不好，她把一個家打理得井井有條，也為他誕下了一對可愛伶俐的兒女，對家裏各成員照顧周到，對啟成的爸爸媽媽也極盡孝道。就連啟成那患了腦退化、躁狂的外公的起居飲食，也是妙儀打點的，相信這個家庭裏的大小事情沒有人比妙儀更了解。從前他與妙儀也相當恩愛，夫婦二人相敬如賓，偶有小爭執都不過是打情罵俏，再壞的脾氣也鬧不過半天。

然而，十年前開始，啟成再沒對妙儀笑過，他總是板起臉孔，擺起一臉厭惡狀。十年前小女兒出生，一家人並沒有太歡喜，因為啟成營運多年的公司出現了危機。小女兒快要一歲的時候，啟成終於申請破產，然後他的外公確診腦退化，之後一個月內，他的外婆因突發性心臟病撒手人寰。由外婆帶大的啟成瀕臨崩潰。

「你近日再為人父吧？很可惜我不能恭喜你，因為她是你的剋星。」濃眉、小眼睛、蓄鬍子、厚唇，扁塌的鼻子上架着一副相當復古的金絲眼鏡，雙耳由耳骨至耳珠戴上整排金色小圈耳環、包着吉卜賽頭巾、身穿闊袍寬袖綴滿金銀線的彩衣、桃紅色的褲子彷若燈籠，褲襠寬鬆，小腿位置的褲管卻窄小、趿着綴上閃閃珠片的人字拖、背一個像布袋和尚的包袱似的巨型粗麻布包……這個穿着充滿異國風情、來歷不明的男子，如果知道自己的批語會摧毀一個家庭日後的和睦，他還會說出這番話嗎？

啟成記得這男子，因為每天上班，都會在最接近辦公大樓的天橋口看到他，風雨不改，不論春夏秋冬，他的服飾從沒變化，千年如一日，卻不覺他身上傳出惡臭。啟成無法忘記這男子，因為自從他對啟成說了這句話後就不知所蹤。

當天，本來匆匆路過的啟成，並沒即時意會男子是對他說話，直到他前行幾步，不自覺回頭盯着男子時，男子也正凝視着他，輕輕點頭微笑，眼睛裏的一絲詭異，讓啟成在北風裏打了個寒顫，心裏發毛。他以為自己不會將這番話放在心上，誰曉得那個晚上，男子的容貌一直在啟成的腦裏徘徊，那句話和小女兒的哭啼聲，整夜在他的耳畔纏繞不去——啟成失眠了。他決定要在上班前到天橋口找那男子，問清楚他到底想說什麼。

奇異的是，男子已經銷聲匿跡。啟成甚至問了每一位下屬，可有見過長期出現在天橋上，渾身散發異域風情的男子，大家都說見過。「他去了哪裏？」大家都說不知道。

漸漸地，啟成愈來愈厭惡妙儀，對她的一切都看不過眼。他不能恨小女兒，因為小女兒是無辜的，而且這小不點長得實在可愛，她總是以烏溜溜的杏眼凝視眼前人，甜如蜜的笑容掀起淺淺的酒窩，啟成像要融掉，捨不得憤怒。雖然他不時還是會在心裏默唸：「如果珊珊從沒出生就好了。」但他從不敢，也不忍讓這話說出口。其實珊珊絕對有機會不出現的，啟成仍然記得妙儀告訴他懷孕的消息時，他曾勸妙儀放棄珊珊。「你已經四十六歲，是高齡產婦了！我們二人加起來已一百歲有餘，這把年紀還生個小孩兒，你說別人怎麼看我們？再說家揚也二十歲了，恐怕孩子出生後，別人以為家揚才是他爸爸！」

他明明堅決要求妙儀中止懷孕的。「是她自把自為欺瞞我，瞞着我把珊珊生出來的。」每想到此，啟成就禁不住對妙儀恨之入骨。

妙儀從沒問啟成為何對她態度突變，縱使她多次在夜裏背對啟成，悄悄啜泣，明顯內心充滿委屈。這點又令啟成更氣憤，因為這根本令他們連吵架的機會都沒有，他寧願妙儀批評他、責備他，甚至質問他、逼迫他、向他施壓，她愈是溫馴服從、無可挑剔，就愈叫人氣結。

這夜妙儀在廚房清洗大堆碗筷，啟成和腦退化的外公在客廳看電視，突然外公莫名其妙的大喊大叫。「先來看看外公到底做什麼吧！出來吧！聾了嗎？」呼喚至幾近吆喝，都得不到回應後，啟成氣沖沖地打開廚房門，才發現戴着沾滿泡沫的膠手套、穿着圍裙的妙儀昏倒地上。

啟成從來沒想過，突發性心臟病帶走了他最愛的外婆之餘，還會帶走陪了他半生的伴侶。

圖書館見聞

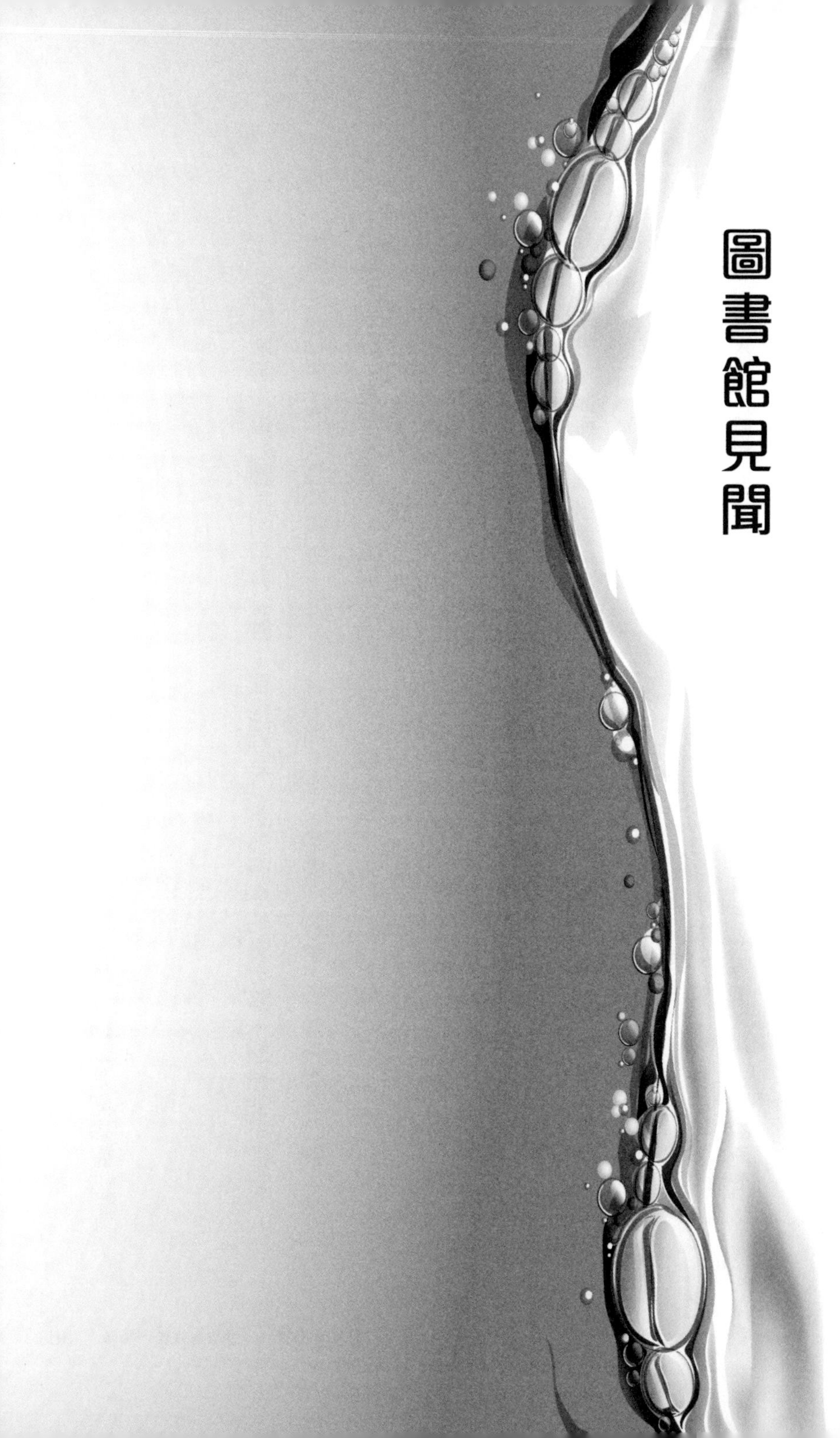

書。

陳老太年輕的時候是兼職圖書館管理員，但直至現在，她仍甚少在公共圖書館借書。

有時陳老太會到圖書館翻翻報紙，揭揭雜誌，更多時候她會看書。但她從不把這些讀物借回家。每次到圖書館，她都做好準備工夫，帶備百寶袋。百寶袋裏有口罩、消毒洗手液、消毒濕紙巾、紙巾、還有即棄消毒手套。

陳老太由讀小學開始，已做圖書大使，負責管理教室圖書箱的圖書。到了中學，她仍選擇擔任管理圖書的崗位。畢業後曾任全職公共圖書館管理員，婚後成為全職家庭主婦，才短暫離開圖書館。到孩子升讀中學後，她又再申請擔任兼職圖書館管理員，直至五十四歲時要「湊孫」，陳老太才正式退休，正式脫離圖書館的工作。

陳老太自小就發現，圖書會出現奇怪的狀況或遭受無情的傷害。在小學檢查圖書時發現，在中學圖書館當值的時候也發現，在公共圖書館兼職時同樣有所發現。地方不同，但許多圖書都一樣傷痕纍纍。如在圖書上見到許多「個人筆記」、莫名其妙的塗鴉、關鍵情節的缺頁、用各種方式塗抹隱去部分內容、被撕掉的結局、食物殘留的污漬或污穢物如鼻垢……而且，她也常常發現有些讀者的行為非常奇異，在公共圖書館尤甚。學校裏的奇怪行為，大多是把圖書藏在書架深處、把圖書夾在其他圖書中間、在書與書的縫隙之間堆積食物包裝袋、把書反轉，讓本來工整、書目分明的書架變成規律地正反錯置……至於把書不按索書號亂放、高聲談話等，已是最尋常不過的事了。

而在公共圖書館，不但書多，見的人也多！要整理海量的圖書，不但要花海量的時間，最重要是要有海量的耐性。陳老太記得當年在中學當圖書館管理員的時候，由組員漸漸「升職」至組長，有時對同學有違公德的行為看不過眼，不但可出言勸喻，要是對方屢勸不聽，還可請老師出面調停。在公共圖書館就不可以了，因為即使你好言規勸，對方也未必理會，甚至會發難。由是，為了避免不必要的糾纏與爭執，管理員們都傾向選擇沉默，免得白白動氣。

在公共圖書館兼職期間，陳老太特別討厭其中一個讀者。那個老頭子滿頭花白，肚腩寬大得坐下時幾乎可當成小書桌使用。每次他來到，陳老太都特別留意他。他有一個非常壞的習慣：每翻揭一頁書，都會先將食指放在舌頭上一抹，然後用食指與拇指兩指抵住書頁的下角一甩，再翻頁。極為噁心。他並非每本書都會細看，更多時候只是立定在書架前，選定某幾列書籍，橫排式的向左或向右移，然後每一本都拿出來，仔細地用唾液沾濕過的食指和拇指，逐頁逐頁地翻一遍，一翻就是整個下午。陳老太很懷疑，覺得他根本沒有看過書本內容，純粹為滿足玷污圖書的變態心理。這麼過分的行為，其實不止出現在這個胖老頭身上，男的、女的都有，都以中老年人或幼童居多。每每幻想到書頁被不同的人的唾液玷污，每一個反復舔手指揭書頁的人，在揭頁的瞬間，其實同時沾上了其他人早已風乾的唾液，這種「唾液交流」中人欲嘔。對一個愛書惜書的人來說，此舉教人如何容忍。

正因為工作時見過太多怪客，所以陳老太只會帶齊全副裝備，在公共圖書館裏看書，絕不把書帶回家。

今天，陳老太帶孫兒到圖書館看故事書，細心地為他戴上口罩、用潔手液消毒雙手後，便讓他自行到書架上選心儀的圖書。孫兒取了圖書，到沙發坐下靜讀的時候，陳老太也隨意拿了一繪本翻閱，無意之中，赫然發現年紀小小的孫兒在翻揭書頁的時候，竟偶爾會把食指往嘴巴裏伸，用口水沾濕了指頭，再揭書頁，陳老太大大吃驚了！情急之下拉着孫兒的小手打了一下，「啪！」的一聲，孫兒先是驚愕地直瞪陳老太，然後就哇哇大哭起來。孫兒六歲了，這麼多年來，陳老太只有寵他，從沒打過他，家裏也沒有任何人打過他。難怪孫兒會驚呆，因為連陳老太自己都驚呆了，她料想不到自己會如此衝動。婆孫倆呆立當場，陳老太一時張惶失措，不知如何是好。到得稍稍回過神來，職業病發作的她，只曉得立即把嚎啕大哭的孫兒拉到圖書館外，以免破壞圖書館寧靜的環境，影響其他讀者。為了令孫兒平復情緒，陳老太最終更得讓步，帶孫兒到快餐店吃垃圾食物，她向來最反對讓兒童吃這些毫無營養的東西。在濃濃的萬年油薰陶之下，孫兒的情緒好不容易才平復下來，與陳老太重修舊好。

與孫兒重新對話後，叫陳老太更驚詫的是，原來讓孫兒習得這壞習慣的不是別人，正是他的爺爺！陳老太現在才知道，原來自己的枕邊人有如此可怕噁心的陋習！她巴不得立刻回家狠狠教訓丈夫一頓，逼迫他戒除如此欠公德心的不良習慣，讓這教壞細路的元兇受到應得的懲罰！

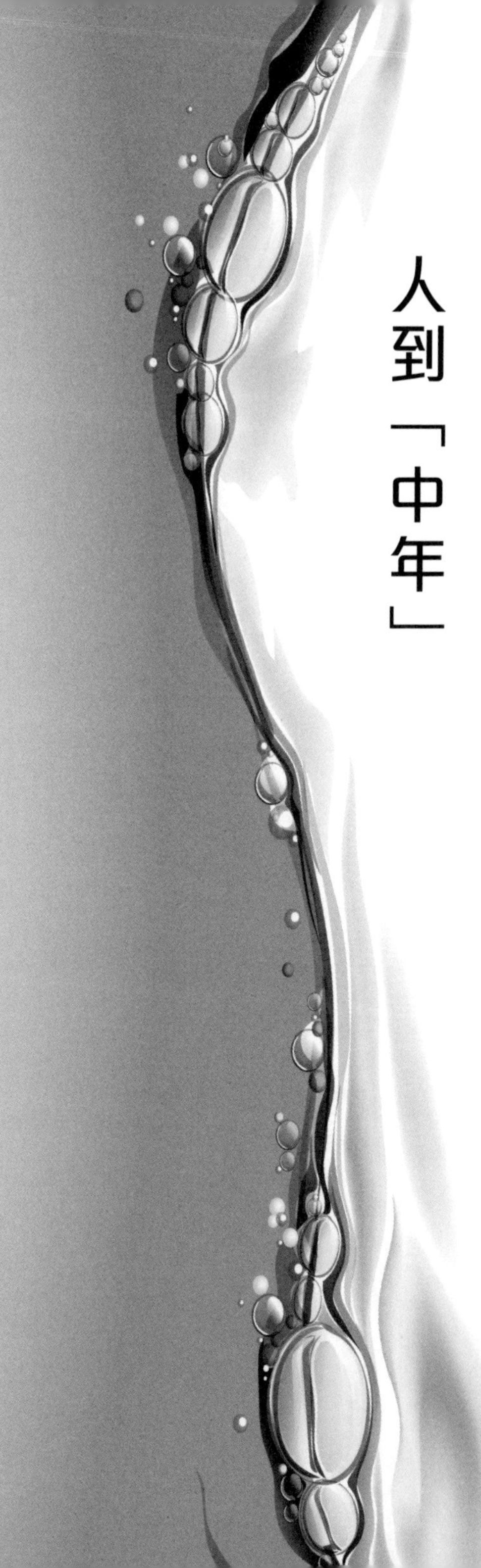

人到「中年」

明哥從前每天都會行山，不過現在已沒有時間天天登山了。

山友們喜歡結伴上茶樓歎一盅兩件，他們大多是長老級數了，好幾位都要忙着照顧孫兒孫女，有時連行山的興趣都得割讓，上茶樓就更不必說了，所以茶聚鐵腳只有三人，碰巧有人不用湊孫的日子就會熱鬧些。明哥有時也會和大夥兒一同上茶樓，不過更多時候他要趕回家拖地，因為他要在孫兒起牀前，先把地板拖乾淨，才去上班。

雖然他有幫忙照顧孫兒，但比起太太整天為孫兒忙碌，二人的辛勞是不一樣的，工廠的工作負擔愈來愈重，體力消耗和關節勞損很磨人，但他仍樂意拖拖地板，做點家務，因為那是他可以做的善意的分擔。全職帶孩子比起全職上班更艱難、更具挑戰，太太已經當了全職媽媽十餘年，帶大三個孩子。孫兒出生前再次放棄兼職，全心全意照顧孫兒，他知道，即使不用上班，太太的腰肢和關節也不見得不會損耗。

今天他在山上聽說政府宣佈為配合人口政策，申領長者綜援合資格年齡由六十歲提升至六十五歲，為了鼓勵六十至六十四歲人士投入勞動市場，自力更生，則設計了就業支援補助金，支援因失業而需領取綜援的人士。大家說得最激動的是：「六十歲才算中年啊！長命百二歲啊！」和「不去見工的話要扣除二百元援助金！」

明哥忽然想起數年前讀保安課程的日子。

那時老師對他們說：「你們當中，如果有年紀大或身體不好的，去見工面試時，別人說要巡樓，你們就必定要記得先申明自己爬樓梯會氣喘，追賊人會腳軟。這樣說便保證沒有人夠膽聘請你了！」惹來哄堂大笑。

當時明哥退休不久，在家裏實在悶得發慌，於是報讀課程考保安牌。他年輕的時候都沒怎麼考過試，沒想過到了退休後才要去讀書考試。女兒曾問他，保安試難不難考呢？會不會有很多人不及格？

「不難！一定及格的，就算不及格也會安排重考，讓你考到及格為止。」那時明哥放在心裏沒說的是：「怎麼會讓人不及格呢？他們就是想透過培訓，製造大量保安『人才』啊！雖然偶有年輕小伙子投考保安，但環看大部分屋邨、大廈、公園……聘請的保安員都上年紀了，當時有人說過，這些工作都是留給我們這類未夠老的人做的，社會都由年輕力壯的人去打拚，容不下我們了。」

這也難怪，像明哥有一段時間在投注站做保安，踱來踱去只有九格小丁方，他都悶得幾乎發慌了，這怎可能困得住年輕、追求自由無拘無束的靈魂呢？更有人說：「活在這個地方，要麼你不要老，要麼你老了也養得起自己，要是你老了又養不起自己，這裏也不見得容得下你，只要你一天不死，一天都要做，做牛做馬都要做。」

聽到這種論調，原應唏噓不已，但說的人和聽的人彷彿都那麼不痛不癢的，有一種事不關己，或是習以為常的抽離。

雖然明哥不需要申領綜援，但聽到這項新措施時，他不由得想到一些認識的人。

六十至六十四歲的人，雖說他們能做的工作可能真的不少，但大抵都屬體力勞動的工作吧？他們做了幾十年的勞動人口，還有人相信他們仍有足夠體力應付工作要求嗎？難不成真的要在面試的時候主動說「巡樓會氣喘，追賊會腳軟」？

長期蹲着洗餐具盤的關節、提水澆灌紙皮的手臂、長年累月擦拭、搬運、浸濕……數十寒暑以來日積月累的衰退、老化。或者已作家庭主婦，在家勞動多年，久未重投社會工作的太太們……僱主都很歡迎、很樂意接納這種有豐厚操勞經驗的勞動力嗎？

「平時別人喊上街遊行，要推倒誰誰誰下台，我都不理，但如果要推這個人下台，我一定去遊行支持！這麼涼薄的話都講得出口！」平日大家七嘴八舌罵政府的時候，雷霆叔大多沉默，顯得極度政治冷感。今天的他罕有地激動，義憤填膺，一掌拍在桌上，杯裏濃茶激盪溢出。雷霆叔是退休消防員，有長糧，新措施照理犯不着他，想不到他會如此憤慨。這一掌，掀動了大家的情緒，眾人開始更激動地談論着種種強調有「鼓勵作用」的新措施。

如果六十歲真的才算得上中年，百歲老人不再稀奇，八十歲、九十歲，甚至一百歲的時候，老人們都在做些什麼呢？難怪太太會說帶孫兒到屋邨遊樂場時發現，很多小時候女兒和同伴們耍樂過的兒童遊樂場，都改建成長者健體樂園，恐怕是要應付愈來愈多的百無聊賴的長壽老人吧。畢竟，當少年忙着投入學習、青年忙着奮力拚搏、「中年」忙着勞動工作，能夠分身抽空關顧老人者，還會比現在的多嗎？

看見

名字

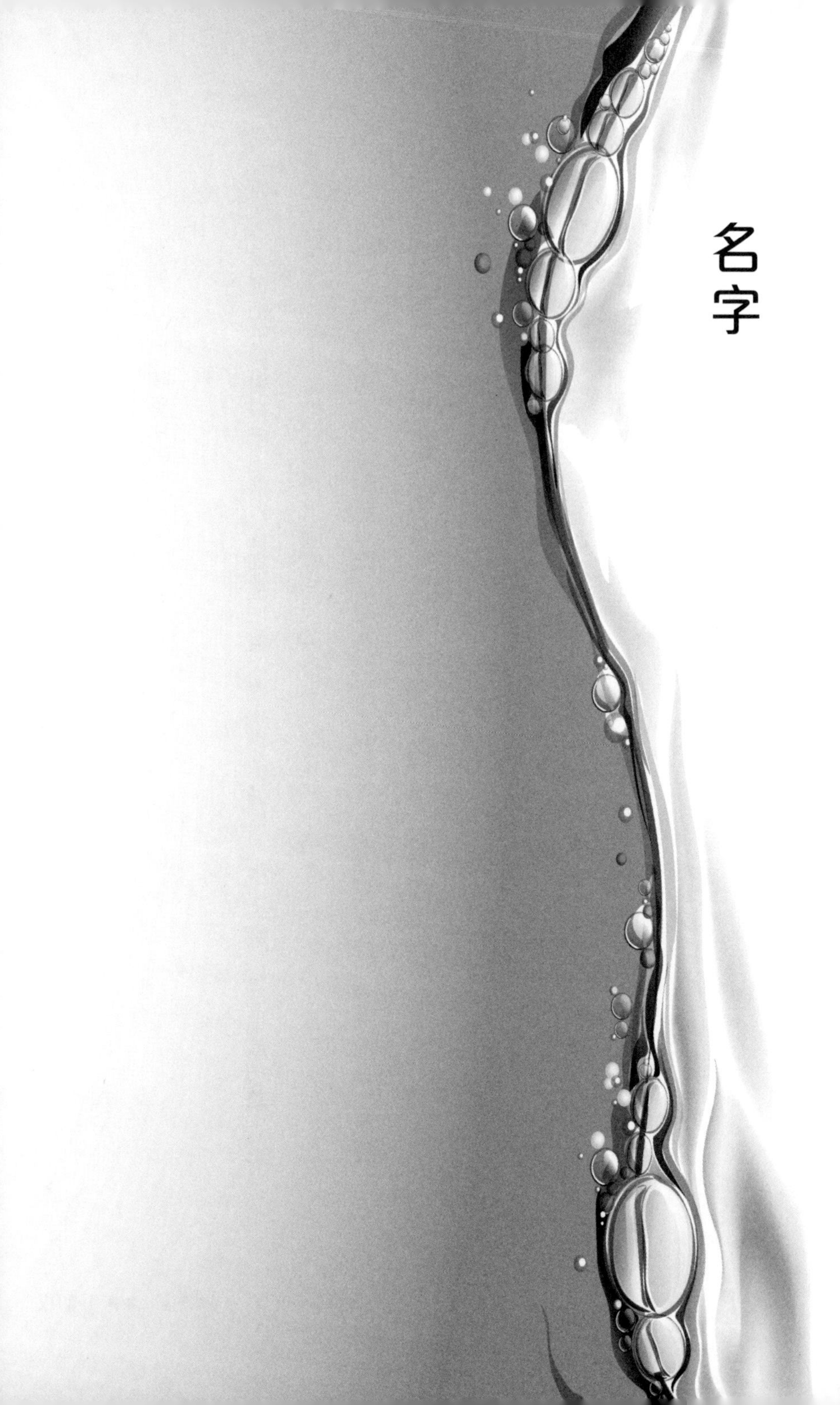

裘大利討厭自己的名字，自從那天起，她就想為自己重新起名字，雖然父親沒什麼意見，但母親堅決不允許。

以前她只覺得自己的姓氏非常古怪，讀小學的時候，幾乎沒有同學能準確讀出她的名字，但那時她並沒那麼討厭自己的名字。到了高小時期，開始有同學取笑她，以她的名字為笑柄，她才開始討厭父母為她起了這麼庸俗的名字，也討厭自己有如此庸俗的父母親。她開始對「裘大利」三個字心生厭惡時，正就讀四年級。

升上中學，她瞞着家人為自己起了新的英文名字。家人喚她利利或Lily，在學校，她向別人介紹自己時自稱Camille，意思是有良好品味的高貴女子。高貴，正合她心意，她要擺脫庸俗的、充滿銅臭的名字。不幸的是，小學時帶頭取笑她的同學思詠，和她升讀同一間中學，她們更被分配在同一班，思詠經常刻意親切地叫她「大利、大利」，同學們也跟着喚她大利，根本沒有人會叫她Camille。每次聽到思詠高聲叫「大利，你家很有錢啊！很羨慕啊！」她都覺得好噁心。

四年級時被集體訕笑的經歷，至今仍歷歷在目。那次的家課，老師讓大家回家問父母，有關自己名字的意思，大利才知道自己的名字與父親的事業有關。她一直以為自己的名字是父親起的，原來是母親取的。

她出生時，父親的小吃店剛成功開了第一間分店，他覺得這位新成員「腳頭好」，希望可以靠着小本經營的小吃店賺取可觀利潤，於是把全副願望都灌注在她身上，他不求什麼，只將自己的願望全放在女兒的名字上——大利。而大利的「腳頭」果真也很好，父親的小吃店生意愈做愈好，由只賣小吃漸漸變成快餐店，繼而發展外送服務，更嘗試接觸餐飲以外的業務，利潤日見豐厚。開始學習投資的父親更如得上天庇佑，運氣奇佳，所有投資均獲利，一家的生活漸趨富裕，房子愈住愈大，家務由傭人承擔，物質愈見豐富，難怪大利的童年生活，可謂想要什麼就有什麼。

大利的父親是香港人，母親是內地人，大利是在香港出生的。父親是在內地工作時認識母親的，婚後二人曾在港租房子，但大利的母親不習慣香港的生活文化，夫婦二人才把心一橫，遷往內地居住，那時才開始夫妻檔，經營第一家小吃店。

直到大利的母親懷孕了，才再搬回香港暫住，大利出生後數月，舉家復又返回內地居住。後來父母想大利能接受香港教育，所以大利在香港報讀小學四年級時，已經十歲，比同班同學都要年長。從此，大利也成為了跨境學童。

「嘩！好市儈啊！好貪錢啊！」大利不曉得自己做了什麼，她不過是坦白說明自己名字的由來和父母的期許。同學的反應讓她難堪極了。她憎恨這些同學，也憎恨香港這個地方。

大利自小和母親感情親厚，想不到因為名字一事而生嫌隙。每次提起要改名，母女都會吵架收場。大利覺得母親不明白自己因這土氣的、俗不可耐的名字，受了多少言語欺凌，不但不理解她，更只管批評她幼稚、膚淺、和同學一般見識。「朋友有那麼重要嗎？如果真的把你當成朋友就不會取笑你！」母親的話刺中了大利的痛處。就算她也覺得同學們幼稚、無聊，只為一個名字就莫名其妙的牽連出排斥、杯葛。被欺凌的原因是不明不白的，也沒有人可以伸出援手，但她仍然覺得有朋友很重要，偏偏她完全感覺不到自己有朋友。母親不曉得每次分組做功課，她都被排除在外，老師勉強把她「塞」進任何一組時，她有多難受，多孤單。同班也有另一位被排斥的同學，但她們只各自成為一座孤島，並沒有結為朋友。母親懂得什麼呢？她只知道在女兒提出想要換個名字時大呼小叫：「到我死後，你想怎樣改就怎樣改，我一天未死都不能改！」母親說她不知足，不懂得感恩，一家人已得到大量財富，得到舒適生活，但其實大利根本不知道自己得到了什麼。

多年以後，大利始終沒有交到任何朋友，她的工作，亦不大需要與人接觸，她終於覺得朋友其實不怎麼重要。而且，她也可以隨意更改名字了，因為母親已入土為安，但是不知為何，到了有這種自由的時候，她卻捨不得改掉這個母親為她起的，庸俗的名字。

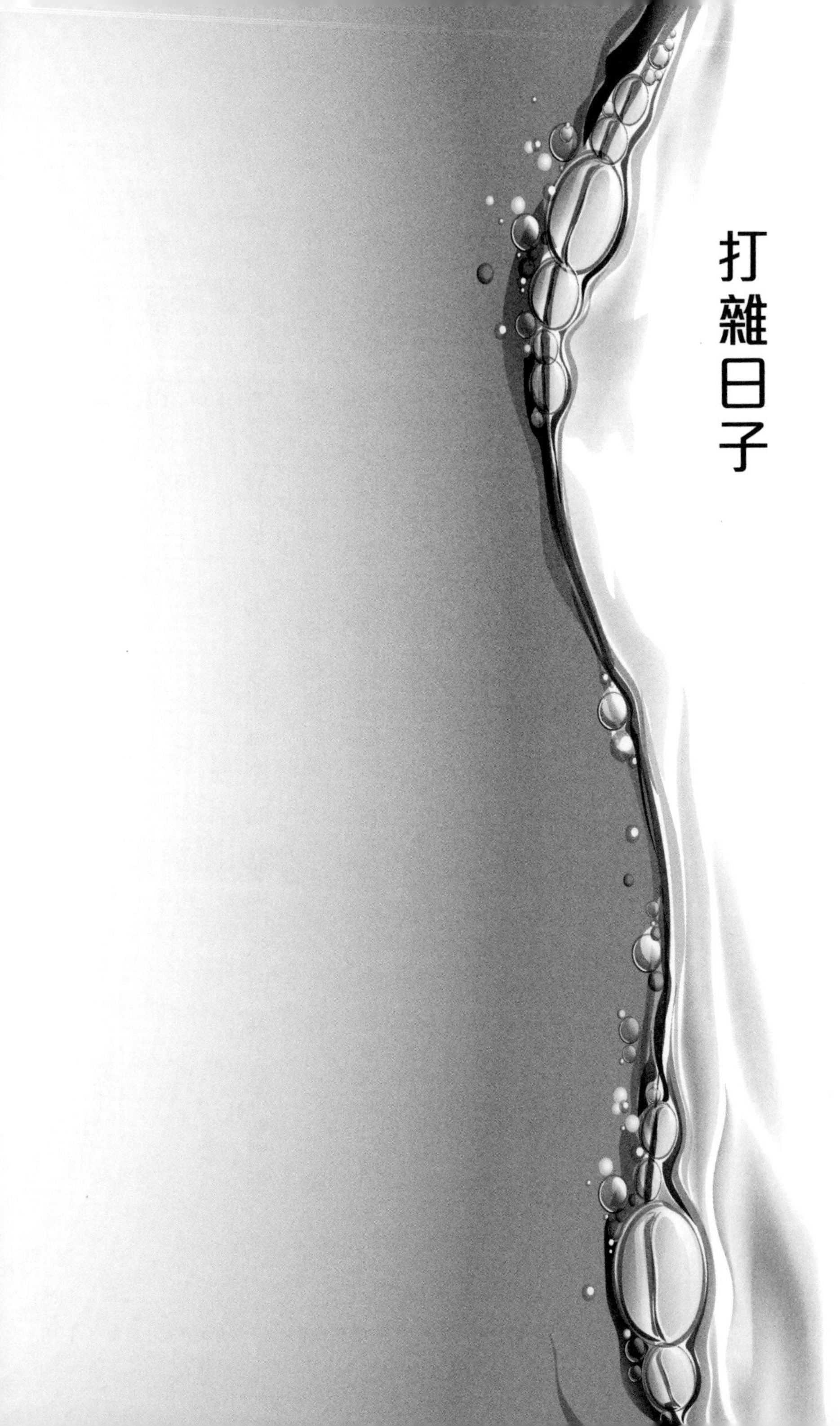

打雜日子

在超級市場做打雜的日子：搬運、執倉、拉架、盤點、換牌仔……要能苦中作樂，才能熬得過那份刻板的無聊。

最好的娛樂就是觀看客人。客人許多新奇的、叫人匪夷所思的行為，若不長期待在超級市場，是不會發現的。例如有個白髮蒼蒼的老先生來買香蕉，從不一把一把的買，他只會一根一根的買，每一把香蕉他都摸過，找到喜歡的那根香蕉就會把它拔下來，拼湊夠七根香蕉才會罷休。每星期他只來一次，逢星期日早上，腋下夾一份厚報紙，不是免費的那種。每次他來，許多香蕉都要被糟蹋得遍體鱗傷。有一回超市大家姐看不過眼，說了一句：「伯伯，梳梳蕉你都摵一條，人客見到畀人摵過唔買㗎。」老伯大發雷霆，中氣十足的對大家姐破口大罵，說她歧視老人云云，好像還寫了信、打了電話到不知哪兒投訴，反正最後大家姐就被調職到跨了幾個區的分店，一氣之下，她乾脆辭職不幹。我看不到大家姐瀟灑離職的場面，但聽同事說，當時她氣得立刻轉身往更衣室，門關上的時候，發出了砰的一聲巨響。彈指之間換好自己的衣服，把皺成一團的制服摔在地上，像團驕傲的貓，卻奄奄一息的。

另有一個中年婦人，頂一頭亂蓬蓬的「爆炸頭」，最愛穿家燕媽媽式套裝，從她滿臉厚厚的濃妝，估計她每天起碼要花兩小時才能完成梳妝出門。閃亮的眼蓋膏及胭脂、濃黑的眼線及睫毛液、鮮豔的口紅、筆直的鼻影、雪白的粉底——和脖子截然不同的膚色。她偏愛佩戴浮誇的珠寶首飾，粗粗的項鏈垂着幾個巨大的吊墜、瀑布似的耳環、一雙手上六至七枚寶石指環、手指及腳趾甲塗滿五顏六色甲油、手提一個鑲滿珍珠閃石的小提包，以及腳踏綴滿窩釘的「鬆糕涼鞋」。好一個準備隨時登台的全副武裝。她待人非常客氣有禮，任何時候見到每位職員，她都會主動友善地微笑點頭，打招呼說句早晨或你好。她喜歡大家稱呼她Jennifer。Jennifer每天都來，沒有固定時間，但風雨無阻，只要超級市場營業，她便會來，每次都會買點東西，有時是一個水果，有時是一盒糖，或者一包餅，或者飲品，都是些小東西。

我最愛的工作是秤車厘子，因為此貨是免揀的。偏偏一般人來購物都愛精挑細選，連預先包裝好的都要揀，遑論赤裸裸的新鮮貨品，所以超級市場不惜安排一位專人，看守在車厘子果箱前，只負責秤量、包裝車厘子。車厘子這上好東西，不必叫賣，大量主婦已經蜂擁而至。要是碰巧開箱的話，每顆車厘子鮮紅嬌豔，充滿光澤，像一顆顆寶石，主婦們也真的像看到寶石一樣，雙眼閃閃發亮，爭先恐後兩磅、三磅的搶購，即使我放鬆手腳，慢慢秤量，施施然包裝，也不會聽到任何不滿的聲音，大家都恐防買不到就吃虧了。不消一會這些剛開箱的「寶石」就沽清，人羣一鬨而散。

有時我會故意留幾箱不開，或悄悄地開箱，把新鮮的車厘子混入當前的貨堆中，因為我不想太快離開這個崗位，畢竟此優差是那般的難得。我總是一邊秤一邊吃，拿起車厘子，在衣服上擦擦便放口裏。我不吃是不行的，不是因為我貪吃，而是買的人老是喜歡問我車厘子甜不甜，我不吃過又怎麼知道它有多甜呢？其他水果倒是從來沒有人問甜不甜、酸不酸的。

不過我更常被安排負責拉架的工作。不得不承認，我真的挺討厭那些來超級市場揀貨的人，尤其是師奶羣。我的母親也是個精明的師奶，我曉得這些「師奶兵團」有她們獨有的智慧，然而自從在超級市場打工後，我對師奶的感情複雜了許多。從前我和鄰居夥伴，對於母親的神通，只道驚歎，暗暗佩服，如今雖然同樣覺得要應付她們委實「棘手」，但心裏也不禁帶點厭惡，因為她們的確擅長製造麻煩，增添我們的工作量。以拉架為例，為什麼我們要天天拉架、常常拉架呢？真有那麼多貨品嗎？公司要求我們把最遲到期的貨品放後排，貨架上最前排的東西，則是最快到食用限期的。明智的師奶們都洞悉了這點，任何貨品，都要拿放在貨架最深處的才買，這意味着，必須把貨架上排得整整齊齊的貨品挪開，才能看到深處，可恨的是，弄亂了貨架的她們，仍為了取得沒那麼快到期的罐頭，顯得洋洋得意，渾然不覺這一推一拉一找，又消耗了我們多少時光。我真想不通，準備晚飯的時分來買個罐頭煮罐頭湯，怎麼推敲都是即晚煮吧？何苦必須買一個兩年後才到期的罐頭？所以我們的工作很多都是無謂，但又不得不做的。

我曾把較遲到期的罐頭粟米羹全放在前排，把快到期的放後排，試圖改變「師奶兵團」的觀念，然而我是失敗的，因為無論如何，她們都是要把貨架翻亂才心滿意足，憑我一人之力，根本無法抵抗她們強大的意志。相比之下，我寧願執倉，至少將一箱箱貨堆滿貨倉的時候，就像玩俄羅斯方塊——小時候我每天緊抱 Gameboy 玩的遊戲，這令我感到滿足。

曾經以為自己對於超市的工作非常厭惡，因為我愛車，希望每天駕車四處浪蕩。然而到了今天，不知不覺「登陸」的我，終於到了要從貨櫃車的駕駛座退下來的時候，我才曉得叫我懷念了大半輩子的，原是那三年在超市打滾的日子。

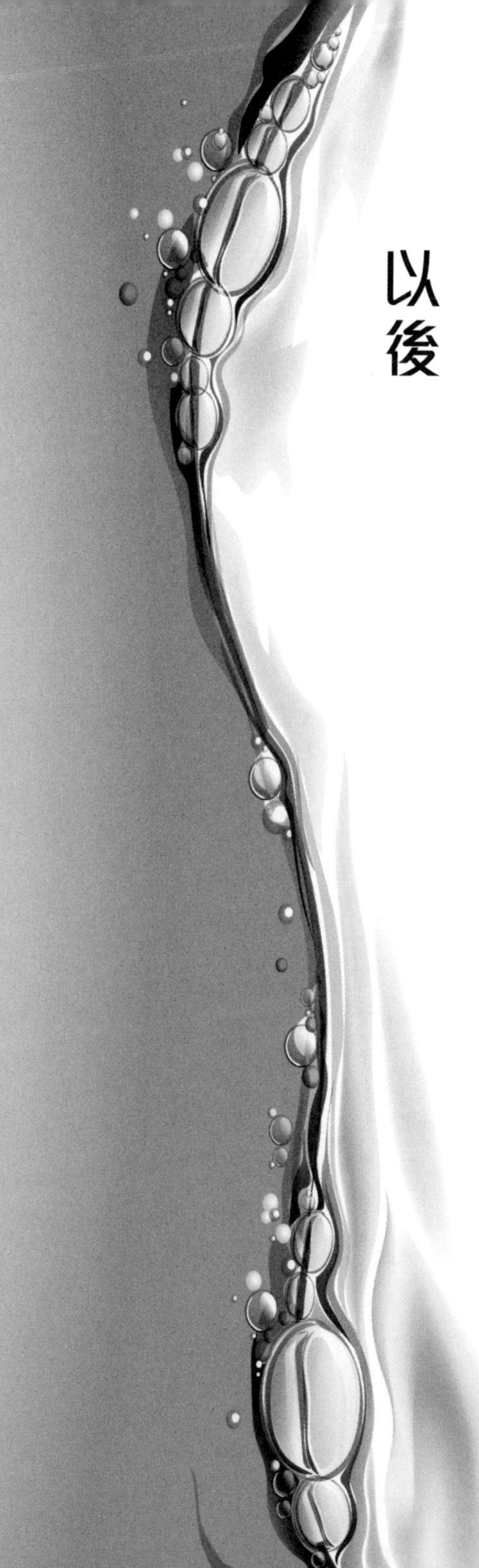
以後

當天親手送走嘍仔，銀婆婆後悔極了，她相信，餘生可能都會為此後悔不已。

銀婆婆原本是不喜歡嘍仔的，她心裏記掛的，只有那條懷疑被偷走了，對她最忠心耿耿、最有靈性的旺妹。「旺妹好醒目，又識看門口，又慳家！」銀婆婆天天都摸旺妹的頭、拍拍牠的屁股，稱讚一番。旺妹習慣每天早上在銀婆婆讚美牠後，「汪汪汪汪」吠幾聲，便拔足往村內奔馳，銀婆婆同樣不分冬夏，一年四季都坐在門外跟每個路過的人打招呼，那緊執着的蒲葵扇搭在腹前，每說一句早晨便揚起一次，比起搧風，實際的功能更似是打招呼。這把扇子陪伴銀婆婆幾十年了，扇面沉厚地暗閃着年月累積的油亮。約莫中午時分，旺妹就會跑回來陪銀婆婆吃午餐，從未誤時。銀婆婆生活樸素，飲食輕省，旺妹也就跟着她一般簡樸。旺妹基本上是吃素的，因為銀婆婆已不沾腥葷數十年，物似主人形，寵物也似主人形。旺妹是銀婆婆的狗，相信也像她一樣不喜歡吃肉，因為有時街坊鄰里給旺妹丟來骨頭，旺妹都只叼着骨頭，客氣地搖頭擺尾而已。「多謝多謝，咁客氣呀！」銀婆婆總是這樣對街坊說，雖然她心裏想的是：我家旺妹怎可能喜歡吃這些東西呢？我就從沒見過牠啃骨頭。

旺妹吃午飯有個特別的習慣——只吃一半。另一半呢？牠會連碟帶飯餸藏起來，留待下午茶時分慢慢品嚐，包括人家盛情贈送的骨頭，所以銀婆婆常說旺妹知慳識儉。銀婆婆沒有看過旺妹啃骨頭是正常不過的，因為飯後是她的午睡時間，旺妹乖乖的、安靜的蹲在門口，什麼都不吃。銀婆婆一覺醒來便到了散步時間，每當聽到「我去行下咯！」旺妹便立直身子汪汪叫，高速擺動尾巴，目送銀婆婆的背影後，才把中午留起的飯菜叼出來細嚼，那些不定期收穫的骨頭也是留在這個時候慢慢啃的，連盤子都舔得乾乾淨淨。說實話，哪有這麼多不吃骨頭的狗呢？旺妹只是能吃骨頭的機會不多罷了。

如此乖巧聽教的旺妹，怎麼可能會因為貪吃而自己走失呢？一定是給人擄走的。

旺妹突然人間蒸發之後的一個月，銀婆婆天天都哭喊，天天清早就「旺妹旺妹」的喊得淒涼，聞者心酸。銀婆婆再也不與任何人打招呼、聊天了。「個個都知我旺妹咁乖，個個都想偷走佢！」整日喃喃自語。近來村子裏發生多次狗隻離奇消失事件，估計是不法之徒以食物引誘狗隻後，伺機擄走，銀婆婆堅持旺妹是給強行擄走的，她拒絕相信旺妹是因為貪吃而遭到誘拐的。

以崇是銀婆婆唯一的孫兒，她生了四個兒子，卻只有一個孫兒。其中兩個兒子不肯結婚，一個結婚但不生孩子，怕帶養小孩，影響人生計劃云云，只有這兒子早早就結婚生子。幾個兒子每隔一、兩個月會來看望她一回，但孫兒卻一年見不到兩次，見面也總是寡言，寒暄幾句，靜默一會便離去。孫兒來訪，按照銀婆婆的說法是：「仲衰過拜山！至少拜山都會買塊燒肉。」她不是茹素的嗎？要燒肉來幹什麼呢？

嘍仔是以崇帶來給銀婆婆的，那次他手裏抱着小狗來到老家門前說：「阿嫲，老豆說你的狗死了，我……」「你就死！」當銀婆婆再次從屋裏走出來時，以崇已走了，留下雪白的，臉龐渾圓的小比熊犬，自個兒把玩她用來澆水栽花的膠水杯，旁邊放着幾箱狗糧和狗罐頭。「衰狗，你想咬爛我個嘍呀！」這是銀婆婆對嘍仔說的第一句話。「人哋唔要你先送你來呀！衰狗！」這是第二句。小比熊犬雙眼水汪汪的凝視銀婆婆，側着頭彷彿在笑。之後，銀婆婆走到哪裏，小比熊犬就跟到哪裏，一星期後，牠就有了嘍仔這個新名字。

銀婆婆的兒子說那頭像玩具狗的小比熊叫「BB」，本來是以崇送給太太的結婚周年禮物。聽說BB剛到他們家時，夫婦二人都被那呆呆的可愛模樣逗得開懷，對牠愛不釋手，只是不到三個月，BB便成了常惹二人爭吵的傢伙，一點都不可愛。大家都只愛抱牠玩，卻沒有人愛「執狗屎」。

「幼稚！」銀婆婆罵了一句便走開了，嘍仔繼續跟在她腳邊團團轉。銀婆婆常常罵嘜仔，罵牠只曉得玩、「嘴刁」，「嬌生慣養，旺妹可從來沒吃過罐頭！」

某個晚上，銀婆婆罕有地主動打電話給以崇，以崇駕車來接了銀婆婆和嘜仔到寵物診所。

「嘜仔不可以自己一個留在這兒的，牠會怕。」

「明天我再接你來吧！」

銀婆婆在車上發了很大的脾氣，「你明天一早就要來！」凌晨三時多，嘜仔的嘔吐物在家門前悄悄發酵。天亮了，銀婆婆打了很多次電話給以崇，又打了給兒子，以崇都說未有時間，要晚一點才能去接她，銀婆婆一直發脾氣，她氣以崇不但沒有來，更不肯告訴她嘜仔在哪兒，好讓她可以自己坐計程車去找嘜仔，她又氣兒子無法說服以崇快點來，也氣自己昨晚只管發慌着急，連送了嘜仔到哪一間寵物診所都不認得。

「牠今早走了。」這一句話，不住迴響，銀婆婆嗚嗚地哭。原來昨晚已是她最後一次見嘜仔，是她親手抱嘜仔去診所的，牠一定很害怕，一定是診所的人害死嘜仔的。孫兒始終沒有出現，連接她去診所再看嘜仔都沒有。

房子空蕩蕩，只有嘜仔的嘔吐物持續發酵。銀婆婆知道，以後再沒有旺妹，也沒有嘜仔了。

最好的陪伴

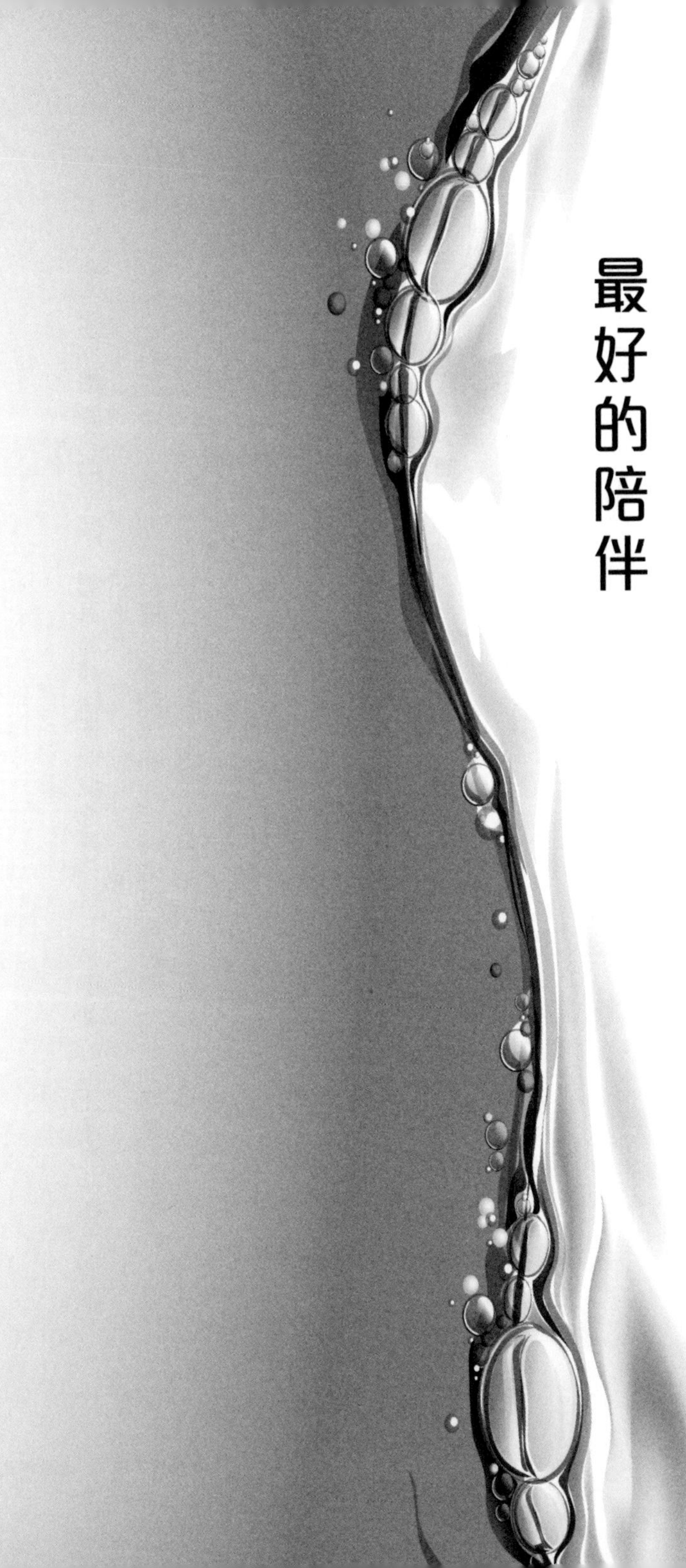

「人都未有咁聽話！叫牠吃就吃，走就走，我回家時，牠還會給我拿拖鞋。」雲香嬸嬸說着，一臉沾沾自喜。

汪汪喜歡吃白米飯，雲香嬸嬸自豪地說她每天早上必定準時給汪汪煮一碗白焓雞肉飯，其他時間才讓牠吃狗糧。每個傍晚，雲香嬸嬸都會帶汪汪到海濱長廊散步，至少逛個四十五分鐘才回家。

聽着雲香嬸嬸分享自己與汪汪平日的生活片段，無不感受到她對汪汪的寵愛。誰知原來雲香嬸嬸最初根本不想養寵物，貓狗兔子金魚烏龜她都不想養，從前更是非常討厭小動物，尤其貓貓狗狗，覺得牠們弄得房子一股臭味，毛髮四處散落，更要常常處理牠們的大小二便，「我才沒那麼有愛心養動物啊！有自唔在攞苦嚟辛。」

偏偏兒子和媳婦的朋友說不養汪汪了，他們夫婦倆生怕雲香嬸嬸苦悶，先自作主張接收了汪汪，然後再把牠送給雲香嬸嬸，叫她收養。早就明言不喜歡動物，不會養寵物的雲香嬸嬸自然是極度抗拒了，推辭了幾回，媳婦竟說只好把汪汪送回原主人，說不定原主人會將牠送去人道毀滅。雲香嬸嬸聽到「人道毀滅」四字即大驚，怎麼能做出如此殘忍之事呢！情急之下，就答應暫時照顧汪汪，並請媳婦和兒子儘快為汪汪找一戶好人家，因為她實在不願意成為殺汪汪的幫兇，「好歹也是生命啊！不能作孽。」就這樣，她就學習養寵物了。雲香嬸嬸坦言起初處處不適應，每回汪汪走進睡房、跳上沙發四處撒尿都氣得她「紮紮跳」，現在習慣了，倒覺得養狗仔比養人還要好。

雖然雲香嬸嬸說她養寵物毫無心得，但能把本來完全不懂得守規矩的汪汪，訓練至曉得到特定的地方排泄，且會聽指示遞手、站立、拿拖鞋……相信她花了不少時間和汪汪相處，也花了不少心思教導牠。

「這小狗很佻皮！」有次雲香嫲嫲如常和汪汪一起去海濱長廊散步，汪汪突然發飆似的一個箭步直往前奔，雲香嫲嫲一直「汪汪、汪汪」的喚牠，牠都不願意停下來，追得雲香嫲嫲氣喘吁吁。一直追到了長廊盡頭，才發現汪汪蹲在石椅子旁，看着雲香嫲嫲的方向，乖乖地等待。雲香嫲嫲差點沒嚇破膽，她以為從此將與汪汪失散。「這條佻皮狗，害得我一直追着汪汪叫，路人肯定以為怎麼有個瘋婦在裝狗吠！」

自此之後，雲香嫲嫲才曉得原來自己是那麼着緊汪汪。在往後的散步時光，也加插了捉迷藏的環節，汪汪常常小跑一段，然後躲起來，讓雲香嫲嫲找牠，像個好動的孩子，不過牠再也沒試過像第一次那樣，沿着直路一直瘋狂奔跑。

雲香嫲嫲打開手機的相簿，裏面盡是汪汪的照片或她與汪汪的合照。每次和一班好姊妹茶聚，大家傳閱孫兒孫女的照片，雲香嫲嫲就傳閱汪汪的照片，她對汪汪的愛惜之情，溢於言表。

汪汪今年七歲，已經是老狗了，身體機能衰退，陸續出現小毛病，跑步的速度也大不如前。「我剛養牠時牠才兩歲，兒子和媳婦的朋友只養了牠半年就說不養了。真不知那些後生的想什麼，不養就不要買牠回來啊！」提起汪汪曾經幾乎被棄養，雲香嬸嬸婉惜之中，仍覺着忿忿不平的咬牙切齒。如今的捉迷藏遊戲已倒退成簡化版，「牠又不夠力氣跑，我又沒有力氣追，我們像兩個老頭子，緩緩散步，走得累了，就隨時找一把椅子坐下來，看看人、看看海、看看太陽如何落下來。」

「兒子和媳婦常取笑我，說如果當年真的為汪汪找了戶好人家，說不定現在我也沒那麼開朗。」雲香嬸嬸說。「不過他們也說得對，現在只要一天不見汪汪，我都覺得渾身不自在呢！雖然牠已經變成老狗，隨時都可能要走了，不過我也成為了老人，我們一人一狗，現在就是大家陪大家。就是捨不得，我也希望牠比我先走，我才不要牠被送去人道毀滅啊！」

雲香嬸嬸堅持，假使有天汪汪真的走了，她也不願意再養寵物了。「我本來就不喜歡動物啊！我只喜歡汪汪。何況我年紀大，體力也沒那麼好了，一年比一年老，一年比一年退步，騙不了自己騙不了人啊！」

汪汪對雲香嬸嬸的忠誠，雲香嬸嬸對汪汪的照料，讓二者成為了彼此不離不棄的，最好的陪伴。

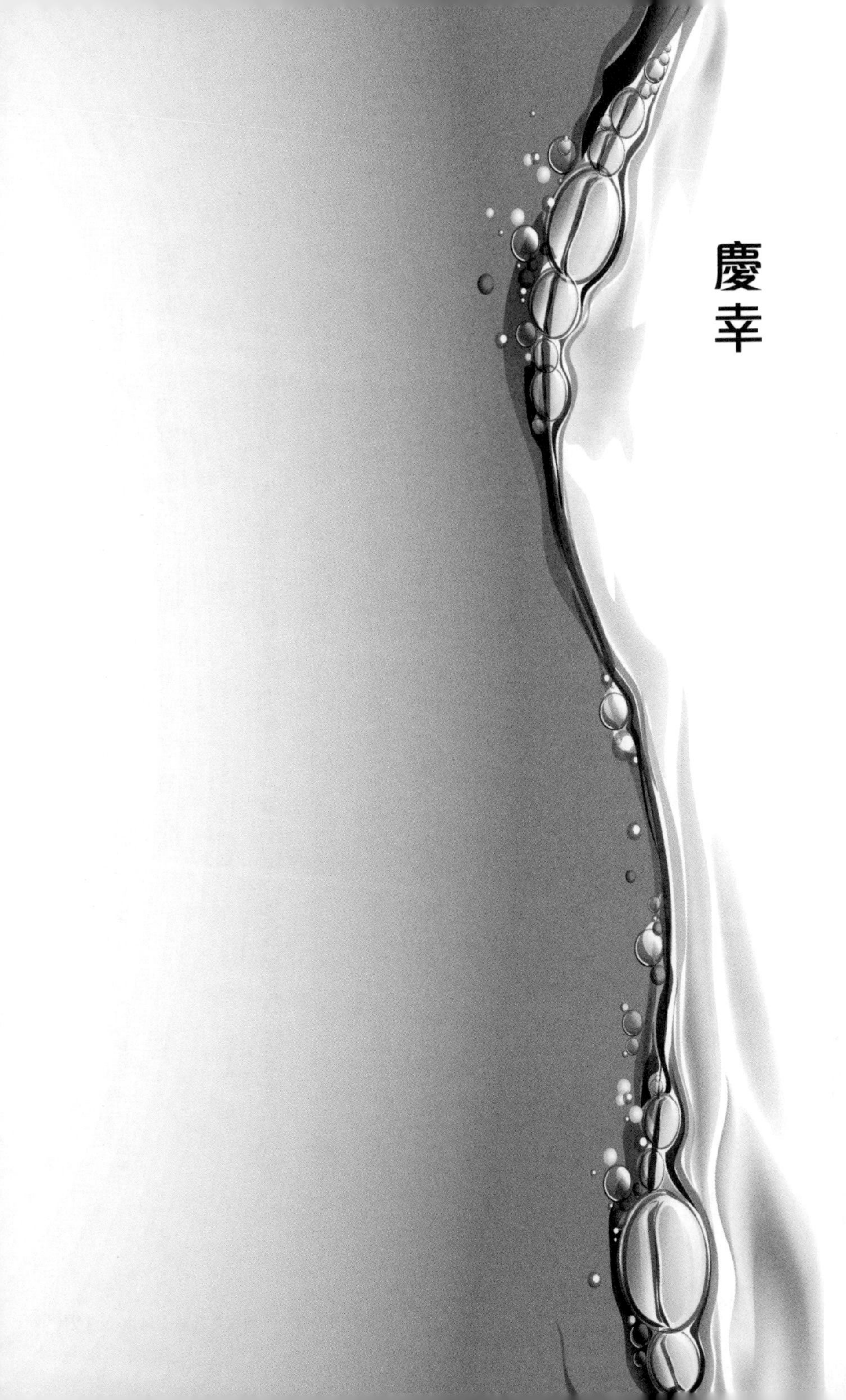
慶幸

筱筠從小已非常討厭某幾個小學同學的母親。讀小學的時候，她和這幾個同學都讀精英班，每次測驗考試都暗暗較勁，爭奪首三甲位置。

升中派位那天，大家獲分派到不同中學，其中兩位同學被分派至區內同一所英中，筱筠獲派另一間名氣稍遜的英中，另外一位平日成績較飄忽的同學，則並未獲英中取錄。筱筠記得很多母親都在校門外等待自己的兒女，很多同學都哭成淚人，未能入讀英中的那位同學哭得特別厲害，而成功入讀英中的兩位同學的媽媽安慰她：「不用那麼傷心，你可能是選志願時排位策略失誤，其實讀英中壓力很大呢！」

「對啊！倩霞也是僥幸才能獲派英中，我們本來只想『搏一搏』而已，現在倒有點擔心她應付不了呢！」

類似這樣的話，筱筠也聽過。筱筠總為母親不會為她辯解而生氣。如果母親伶牙俐齒，她就不用在被其他人的母親假惺惺地安慰時搭不上嘴。

筱筠向來討厭這幾位同學的母親，因為住在同一幢大廈的關係，基本上每天放學必然遇上，然後一同聚在升降機大堂等候。等待升降機期間，總是聽到這些母親不斷「八卦」，比較兒女的成績。筱筠聽着，總覺得很不耐煩。當時班主任有一個習慣，大部分同學都不喜歡老師這樣做，筱筠也是其中一位，不過他們無法左右老師的決定。班主任習慣將全班同學各科得分做成龍虎榜，由第一名開始順序排到最後一名，默書、測驗及考試成績，全都一目了然，人人榜上有名，不及格的同學的名字和分數，更會用螢光筆標示。全班同學都可以知道別人的分數，毫無私隱可言，不過老師說這是為了激勵大家。「有比較才有進步！」

「哎唷，你女兒這次測驗是失手吧？她向來成績不錯，沒可能不及格呢！」倩霞的母親在人頭湧湧的升降機大堂，對着筱筠母女說，筱筠的母親只是摸摸筱筠的頭，輕輕笑一笑。這種「八卦」文化也能算激勵嗎？筱筠想。那次她中文測驗差零點五分才及格。

升上中學之後，雖然眾人各散東西，但這種「八卦」風尚並未減弱，筱筠最常被問及的就是名次。一直問到會考分數、高考分數、入讀哪一間大學、是哪一個學系的學生、出路……無一倖免。

如今眾人都畢業了，各有工作，相遇的時間愈見減少，不過唯一不變的是，每次碰上這幾位舊同學的母親，她們仍是非常關心關切地探問別人的私隱。「你一個月幾錢人工呢？」「唉，像你去做政府工不就好了嗎？既穩定，假期又多，人工又高，又空閒。倩霞的工作可忙了，上下班路程遙遠，假期又少，可是沒辦法啊，那是數一數二的大公司，她有能力又願意試，難道不支持她嗎？只是看到她這麼辛苦，做母親的真心痛呢！」

筱筠覺得非常刺耳，這一切根本與她無關，她也沒興趣知道。每次聽到這些說話，她總是支吾以對，不怎麼搭理。

有一次，倩霞的母親又查問筱筠的月薪，筱筠回答：「合理啦！」升降機裏擠滿人，倩霞的母親卻死心不息，咄咄逼人，最後竟說：「有咩咁秘密唔講得呀？係咪你冇工做喇？唔怪得最近成日見到你啦！」筱筠終於忍不住說：「我爸媽也沒那麼仔細問我月薪呢，怎麼不見你把女兒的薪水四處宣揚？」倩霞的母親立即板起一張臉。爾後一段不短的日子，再也沒跟筱筠打招呼。筱筠樂得耳根清靜，她早就討厭這種經常透過比較來體現自己的能力和價值的文化，而且，自從小學畢業之後，她根本再沒有與那幾位同學有任何交流了。

讀小學的時候，想要與她們較量、爭取名列前茅，是因為好勝心作祟，不想讓別人看扁。長大之後，她漸漸發現其實這些根本不重要，因為無論有多努力，做得有多好，只要對方是個愛比較、愛透過將別人比下去來抬高自己、突出自己的人，根本不會覺得你做得好。她們重視的，不是別人的能力，她們只是自滿自傲，不放過任何機會來突顯自己的能力。這些愛「八卦」、愛比較的母親正是如此，要靠貶低他人來顯示自己的女兒有多厲害。她記得讀中學時，老師也提過此等現象，並稱之為「師奶文化」，但筱筠不認同，她覺得不是所有師奶都會這樣。

筱筠小時候曾經很疑惑，如果母親不是啞巴，會不會也跟其他同學的母親一樣，那麼愛「八卦」、愛比較？如今她早就相信不會的，她知道母親不是這樣的人，有時她反而想拿掉母親的助聽器，讓她耳根清靜。因為這麼多年以來，無論在求學，還是工作階段，母親從未問她其他人的表現，一直以來，她關注的只有筱筠本人的表現，無論筱筠進步還是退步，她雖無語，卻堅持擁抱。

筱筠慶幸，自己有的是這樣的母親。

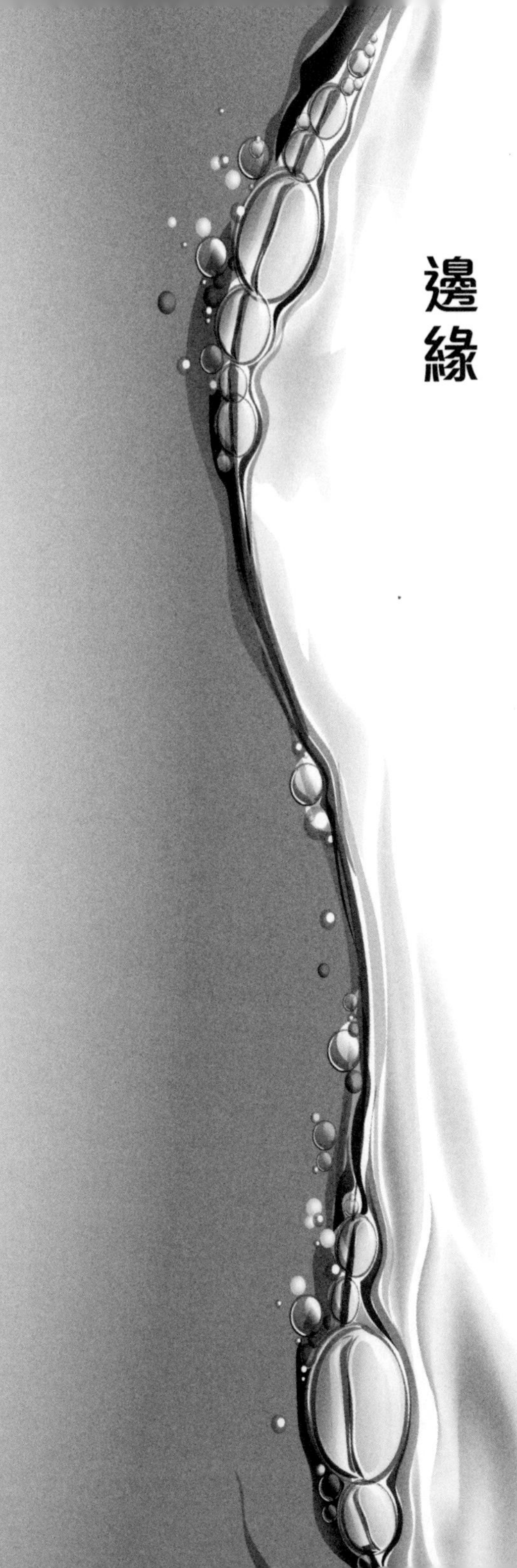
邊緣

他知道自己是叫人相當倒胃口的。從大家的眼神、嘴臉和刻意保持的距離，權哥無法說服自己相信，大家是願意重新接納他的。

權哥清楚記得，從前餐桌上是沒有公筷的，現在每碟餸菜上都擱着一雙生疏的塑膠筷子，那些鮮明的五顏六色，看起來格外刺眼。多年的鍛煉已使他飲食簡單，對美酒佳餚、豐盛筵席毫無嚮往，很多時候他都寧願盛一大碗飯，隨便加一些蔬菜，往飯菜裏注滿清水，便躲回房間裏獨自吃飯，草草扒光碗裏的東西就當完成任務。這種孤獨反而更無拘無束，遠比與大家同桌共膳卻如坐針氈舒服自在得多。莫說大家未能接受他，就算權哥自己，也不太適應再次跟他們同處的日子。好幾次不小心與大家對上了目光，他都不自覺地馬上低頭迴避。

「一定要立志改過的。」權哥告訴自己。就算現在大家仍然未能重新相信他，就算很可能以後大家都不會再相信他，他也是要改過的，絕對不可以任由餘生毀在自己手上。他深知道自己年紀已經不輕了，加上這樣的背景，要找工作就更艱難，所以他很珍惜現在這份工作。權哥很感激回收場老闆不嫌棄他的身世，不介意他的往事，給他一份固定的工作，讓他有微薄，但也穩定的收入。

如果回收場老闆是讓權哥重生的第一恩公，那將他從人生的邊緣拉回來的最大恩人，一定是太太。如果沒有太太，他也沒有動力和信心改過自新。每到月初，能夠在全家人面前把薪水交到太太手上的一刻，是權哥覺得自己最有價值，最有尊嚴的時刻。

權哥曉得自己餘生將背負對太太的歉疚，曾經那般年輕貌美的太太，因為他的不負責任而逼不得已獨挑家庭的重擔，年幼的兒子和女兒，就在她肩上的隱形擔挑上，沉甸甸地壓着她，逼使她迅速衰老，她不但要重投社會工作，還要承受家人的白眼與冷嘲熱諷。看見太太承受這樣的苦楚，他才終於覺得心在淌血，許多許多夜闌人靜的深宵，他想到要深愛的太太受苦而臉上爬滿淚水，他深愛太太，但他自覺沒有資格說自己愛她。如果深愛她，便不會讓她受這些苦。是他辜負了太太的信任，他恨自己三番四次重蹈覆轍的不長進。

年少輕狂，好逞英雄，為了展示自己天不怕地不怕的豪情壯志，權哥在十六歲時，第一次嚐了軟性毒品；十八歲時，第一次因為毒品而入獄。現在回想，當年少不更事，恃着年輕放肆，實在多麼不智。而更過分的是，他犯錯一次還不夠，竟然容許自己一而再、再而三犯錯，多次為此身陷囹圄，分明知道那是個吃人的泥沼深淵，仍自甘墮落的踩進去，泥足深陷。他是活該受到懲罰的，只感歎連累了對他癡心一片的太太受苦受罪。

他知道太太和他一樣，大家都沒有忘記結婚時，他承諾過會照顧她一輩子，讓她此生快樂幸福，不用吃苦。當時他真的以為自己能做得到，以為自己可以給太太幸福美滿的餘生，他甚至沒有讓太太知道，自己從前曾因兩次吸毒或藏毒而入獄。

可以想像比權哥年輕八載的太太，婚後初次發現丈夫因藏毒而將被判入獄時有多驚訝，而且驚悉原來他並非初犯，那種被蒙蔽的晴天霹靂，令人有多崩潰！當時太太絕望空洞的眼神，失魂落魄如行屍走肉的畫面，他至今不忘。太太曾經在探望他時問他：「你為什麼要騙我？還要騙我這麼久？到底你幹這種傷天害理的事幹了多久？」隔着玻璃看到太太滿臉的淚痕和顫抖的嘴唇，他心如刀割，羞愧得無地自容。這連串問題，他一生都無法解答，因為連他自己都不知道答案。

從前那段狂妄荒唐的日子，利慾薰心的權哥只想到毒品可以幫助他賺取許多金錢，累積的「成功經驗」也讓他的膽子愈來愈大，甚至還盲目無稽地，覺得自己只是一心想讓太太和兒女有更好更美滿的生活，「只要我自己不吸毒就可以啊！」

被錢財沖昏了頭腦的權哥，甚至根本不介意自己做的事、作的惡，其實摧折了無數生命、毀了無數家庭。他也沒想過，即使他能控制自己不吸毒，毒品也可以同樣殘暴地摧毀他的家庭、他與太太和兒女的關係，甚至他人生的全部。往日的愚昧，給他刻烙了一輩子不能磨滅的罪惡感和羞恥感。

雖然如今已年過半百，但權哥相信，就如太太所說，只要有足夠的決心，有堅韌不拔的意志，現在改過仍為時未晚。除了以餘生報答太太的犧牲和不離不棄，其他一切他都無法償還。他不敢奢望兒女會改變對他的看法和態度，會重新接納他，甚至原諒他，他只祈求自己不再犯錯，不再淪為階下囚，不再為家人增添更多麻煩與磨不掉的恥辱。

一家人

「她是我的家人，沒問題，可以聽。」柏萊雅姐姐對醫生說。

有天拖地板的時候，柏萊雅姐姐覺得很奇怪，為什麼地上會有點點滴滴的血跡呢？她着急了，趕緊再拖地，多年前的噩夢，瞬間在她腦海重現，她彷彿又再看見自己一邊挨打，一邊抹乾淨地板上的斑斑血跡。

慌亂了。

柏萊雅姐姐立刻躲進洗手間裏哭，生怕嚇壞了小朋友。她知道先生及太太都不會喜歡她哭的。豈料擦着眼淚的同時，她更慌亂了！原來那些血是從她體內流出的！但是她上星期才來過月經。怎麼辦呢？驚懼讓柏萊雅姐姐再也控制不了自己，禁不住哇哇大哭起來。

「柏萊雅，柏萊雅，發生什麼事？你開門吧！快開門吧！」柏萊雅姐姐在一陣緊接一陣急促的拍門聲中開門。

梁太馬上召救護車送柏萊雅姐姐到醫院，自己則匆忙收拾門匙電話手提袋，帶着六歲的孫兒和三歲的小孫女乘計程車到急症室。孫兒不停追問：「咩事呀？咩事呀？」忙着撥電話的梁太已無暇理會他，只能塞一本圖書給他，叫他先為妹妹講個故事。

柏萊雅姐姐完成緊急手術後，回到病房，張開眼第一個看見的人就是梁太。她立即紅了眼眶，又忍不住落下淚來。

「媽咪，對不起！」

梁太握着柏萊雅姐姐的手安慰她，「不要這樣說，你現在感覺如何？是不是很痛？你放心慢慢休息，不要擔心我們。」柏萊雅姐姐聽到太太的聲音，淚流得更兇了。來到這個家庭之前，她沒想過會有人這麼關心自己。

在上一個家庭遭遇的慘況，偶爾還是會突如其來地潛入柏萊雅姐姐的噩夢中，她曉得這很可能是一輩子都不能擺脫的夢魘。脫離那個家庭之後，本來她極想回到家鄉重過新生活，多年來的打工生活，積攢的薪水應該夠她在家鄉過日子了，反正她也不是要追求奢華生活，而且供養弟妹的責任也完成了。雖然仍要照顧父母和自己的家庭，但有了這筆錢，只要省吃儉用，在家鄉做個小買賣，應該沒難度的。讓她始料不及的，是原來她一直匯給丈夫的款項，早已蓋成丈夫和情人的新房子。更可怖的是她的家人是知道的，但不敢告訴她，據說是怕傷了她的心。柏萊雅姐姐曉得，家人不是怕傷了她的心，他們只是怕了她那兇猛、強壯的丈夫，而且也不想再理會她這個已嫁出去的女兒。

柏萊雅姐姐完成手術後，應該可以恢復飲食了，但忙得不可開交的護士忘了撕下她牀頭那「不准飲食」的牌子，派餐姨姨也就沒有派飯給她了。可是梁太匆忙趕來，根本沒有做飯，她緊張兮兮地問護士，什麼時候能讓柏萊雅姐姐吃飯呢？她得趕緊去飯堂買點食物給她。「只怕餓壞了她，她平時很喜歡吃東西。」柏萊雅姐姐聽到梁太的話，又不由自主的流淚了。

住院數天，柏萊雅姐姐一直擔心累壞了梁太，平日太太忙着照顧兩個孫兒，其他家務都由柏萊雅姐姐一手包辦，而這幾天梁太在一天兩次探訪時間都出現，每次都帶來自己烹調的餐點。

「媽咪，你不用煮飯給我，這兒有飯吃，你不用來看我，你看小朋友。」

「不用掛心，兩個反斗星暫時放在隔壁楊太太家。醫院的東西不夠營養。」

當柏萊雅姐姐看到梁太帶來畫風稚嫩的心意卡，看到卡上兩個大人、兩個小朋友牽着手，畫了好些心形圖案，貼滿了貼紙，她又哭了。聽到太太說洗了兩桶衣服，她也哭了。「媽咪，你等我回去再洗衣服啊！不要自己洗！」她曉得，梁太自從動過大手術之後，體力大不如前，要不然也不會聘請她做家傭。柏萊雅姐姐實在怕這樣奔波勞碌，會拖垮了梁太的身體。

柏萊雅姐姐發現，原來自己這麼愛哭。她以為從前是因為竟日遭壓迫、虐打才不時痛哭，沒想到如今日子好了，她好像比從前更易哭。猶幸現在每次她哭，梁太不但不怪她，還用自己的手帕輕輕地為她擦眼淚。

終於到可以出院那天，柏萊雅姐姐第一時間打電話給梁太：「媽咪，醫生說我可以自己出院，你等我回來煮飯。」誰知原來等待出院的時光，比她想像中過得慢很多，她等了很久，梁太也前來陪她等了很久。她其實一點都不怕醫院，以前也試過好幾次住院，每次她都不願意出院，從前她甚至覺得只有住院，才可有片刻逃離可怖嚇人的非人生活。唯有這一次，她是那麼熱切的祈求可以儘快出院，那麼誠懇的祈求身體可以儘快復原，好讓她能回家，可以回家為梁太分擔家務，給梁太的兩個可愛孫兒唱印尼兒歌。

後記——我的安安樂樂時光

大半年前聽過一個提醒：孩子出生後，你就不能再那麼自私繼續寫作了。

那是我第一次驚悉，原來用私人時間寫作是自私的。

從懷孕到孩子出生，公私兩忙，能夠寫作的時間的確大大減少，有兩個月甚至完全停止了寫作。《看見看不見》裏的作品都寫在孩子出生之前，同樣是在專欄發表過的小說，但修改、校對的過程，是女兒陪着我完成的。

從女兒安安出生開始，我在餵哺的時候對懷中的小粉糰說故事、唱歌、讀文章……我確實想過到了「儲備稿文件夾」清空之後，也許要擱置寫作計劃了。因為在專心抱孩子、陪伴孩子以外，有時逼不得已工作，單手批改、用語音輸入完成早會講稿……我都試過了，女兒和我一樣，都在學習熟習這樣的生活模式，曉得有二人獨享的遊樂時光，也有一起「工作」的時候。

有時拿起書本和女兒一起讀，初生之犢未識字，也不黯道理，猶幸見我手執書卷，不但未有哇哇啼哭，有時更喃喃低語，發出咿咿呀呀的聲音。漸漸我重拾那寫作的筆管，在餵哺的時候，在女兒入睡的時候，甚至在女兒倚在我懷抱內的時候，好奇的小手會抓我的筆、觸摸紙張。這一切都是狼狽的，姿勢、手勢不夠純熟，也無法維持過久，然而一樣是親密又美好的親子時光。我有強烈的感覺——寫作進度鐵定更緩慢，但堅持的意志並不消減。

我和妹妹一起成長，我們的孩子也一起成長。妹妹的兒子樂樂兩歲多，整天對着未足周歲的安安親密地喚妹妹，拉拉手、摸摸頭、親親臉頰……我們唱歌跳舞看書講故事。不過數月光景，已切實地感覺到他們漸漸長大，孩子都習慣這就是和媽媽、姨媽一起的安安樂樂時光。

安安很愛笑，有一次我抱着她時，妹妹說：「她看着你的眼神很不一樣。」「是怎樣呢？」我問。妹妹思考了一會：「不曉得怎樣形容。」此時安安對我笑了。「是一種 only you 的感覺！」聽到這話，我從心裏笑得更甜了，這是愛。下班回家，飯鍋裏有爸爸媽媽給我準備的熱飯和餸菜，還有我最喜歡的魚湯，這是愛。

晚飯之後，我和安安、樂樂一起唱歌看書，孩子隨着天蠶變萬水千山縱橫等節奏手舞足蹈，這樣的安安樂樂時光，也是愛。

如果繼續發展興趣是自私的，我不但感謝提供機會讓我發表、出版的人，更加倍深深感謝一些成全我的人，不但犧牲以成全，更從未嫌我「自私」。因為有爸爸媽媽妥貼的照顧，我可以安心上班，還可以每天享用安樂茶飯，在忙碌拉扯之中，擠出最多的陪伴孩子的時間。最小的妹妹，也讓安安樂樂佔據了許多假日時光，率先體驗帶孩子的日常，這些鍛煉儼然是媽媽預備班。將來到她養育自己的孩子，我們必在「游樂園」裏彼此支援扶持。家人照顧我們，照顧我們的孩子不是必須的，也不能說是應該的，這一切犧牲只有一個原因，那是無條件的愛。

看着安安面對外公外婆姨姨時，展露的笑臉和專注的眼神，我曉得安安和我一樣，將終生感謝家人的陪伴和撫養，感念那份無條件的愛，讓我從以前到以後，都一直過安安樂樂的時光。